나무야 나무야

시와소금 산문선 · 020

나무야 나무야

ⓒ우승순, 2024. printed in seoul, Korea

초판 1쇄 인쇄 2024년 10월 25일
초판 1쇄 발행 2024년 10월 30일
지은이 우승순
펴낸이 임세한
디자인 유재미 정지은

펴낸곳 시와소금
출판등록 2014년 1월 28일 제424호
발행처 강원 춘천시 충혼길20번길 4, 1층 (우-24436)
편집·인쇄 주식회사 정문프린팅

전자주소 sisogum@hanmail.net
구입문의 ☎ (070)8659-1195, 010-5211-1195

ISBN 979-11-6325-088-3 03810

값 14,000원

강원특별자치도 강원문화재단
· 이 책은 강원특별자치도 강원문화재단의 후원금으로 발간되었습니다.

시와소금 산문선 020

나무야 나무야

우승순

나무에세이집

시와소금

머리말

이 책은 나무에 대한 작은 깨달음이다.

나는 강원도 산골에서 나무와 함께 태어났고 평생 나무의 혜택을 받으며 살아왔다. 요즘도 나무가 울창한 동네 뒷산을 30년이 넘도록 산책하며 마음을 길들이고 신체의 건강도 꾸준히 덕을 보고 있다. 물과 공기가 그렇듯, 나무도 늘 곁에 있지만 무관심하게 지나치며 그 고마움을 잊고 살 때가 많다.

숲에 가면 콕 찍어 설명할 수는 없지만 에너지가 충전되는 느낌이 들고 기분이 상쾌해진다. 그 원인이 뭘까 생각하다 관심을 두게 되었고 알면 알수록 고맙고 신통하여 나무를 닮고 싶은 마음에 이 글을 쓰게 되었다.

숲에는 상상하는 것 이상의 건강한 에너지가 있는 것 같다. 겉으로는 조용해 보이는 숲이지만 온갖 생명의 생존경쟁과 상호작용으로 다양한 이화학적 물질을 발산할 것이다. 피톤치드는 그중 하나일 뿐이다.

자연 현상을 과학으로 다 밝혀낼 수는 없다. 그러나 내 몸도 자연의 일부이기 때문에 숲에 가면 본능적으로 반응하고 느낌으로 전해진다. 나뭇가지 사이로 쏟아지는 햇살을 들이마시고, 초록으로 반짝이는 나뭇잎에 눈을 맞추며, 솔바람 소리, 새소리를 듣노라면 몸에는 활력이 솟고 마음은 정화된다.

스스로 만든 속박에서 벗어나 자유로워지는 것은 정말 어려운 일이다. 숲에 가면 잠시지만 '보이고 싶은 나'에서 '있는 그대로의 나'로 다시 태어날 수 있다. 눈앞에만 급급했던 삶을 조금은 긴 안목으로 성찰할 수 있다. 그러나 숲에서 돌아오면 마음은 다시 흔들리고 한쪽으로 기운다. 숲을 자주 찾아 나의 중심을 회복하는 과정을 반복할 때 삶은 더욱 소중해질 것이다.

이 책에서는 나무의 지혜와 숲의 효능을 내 나름의 방식으로 소개하였고, 산책하면서 얻은 작은 깨달음과 생활 철학을 피력했다. 또한 평생 환경 분야를 연구한 지식과 경험을 토대로 탄소중립 시대에 숲의 역할을 살펴보았다.

나는 산림을 전공하지도 않았고 나무와 관련된 직업에 종사한 적도 없으니 내용에 부족함이 있을 것이다. 글의 전개상 전문 지식이 필요한 부분은 관련 서적을 참조하여 인용하였고 참고문헌으로 제시했다. 이 책이 마음을 재충전하고 나무를 아끼고 사랑하는데 조금이나마 보탬이 되길 바란다.

책을 낼 수 있도록 지원해준 강원문화재단과 나무의 신통함을 깨우쳐준 산림 전문가이자 친구인 전두식 박사에게 감사의 말을 전한다.

글을 쓸 수 있도록 지탱해준 강순례 여사께 고맙고 또 고맙다.

2024년 가을
우승순

| 차례 |

| 작가의 말 |

제1부 | 나무를 배우다

나무, 거꾸로 선 현자 ___ 11
씨앗, 숲을 꿈꾸다 ___ 16
뿌리, 나무의 두뇌 ___ 20
잎, 나무의 얼굴 ___ 24
꽃, 자기복제의 고통 ___ 28
줄기, 나무의 골격 ___ 33
나이테, 해를 품다 ___ 37
단풍, 청정한 아름다움 ___ 41
낙엽, 내려놓음의 미학 ___ 44
종이, 나무의 살신성인 ___ 47
나無야 나無야 ___ 51

제2부 | 숲에 들다

숲에서 나를 찾다 ___ 57
산책로 숲 관찰기 ___ 61
숲으로 떠나는 소리 소풍 ___ 65

숲은 나의 멘토다 ── 69

숲속에 피는 땅꽃 ── 72

숲의 향기 피톤치드 ── 76

숲은 재활병원이다 ── 80

녹색 심리학 ── 84

초록에 대하여 ── 88

제3부 ┃ 숲과 호수 걷기

산책에 대하여 ── 95

숲속 걷기 ── 99

호숫가를 걸으며 · 1 ── 103

호숫가를 걸으며 · 2 ── 107

번개시장 에피소드 ── 111

도립 화목원 탐방기 ── 115

시내 걷기 ── 120

맨발 걷기 ── 124

걷기 명품 도시 춘천 ── 128

제4부 ┃ 나의 나무 이야기

굽어서 정겨운 소나무 ── 135

꿋꿋이 살아온 소나무 ── 139

전쟁을 치르는 소나무 ── 143

가시를 사랑한 아카시나무 ── 147

살구나무 많은 집 ── 151

산림의 보물창고 강원도 ── 155

잊지 말자, 산림녹화 ── 159

제5부 | 기후변화와 숲

날씨가 심상찮다 ── 165

기후변화에 대하여 ── 169

탄소중립과 숲의 역할 ── 173

나무의 탄소 흡수량 ── 177

기후변화에 취약한 나무 ── 181

숲을 괴롭히는 산성비 ── 184

대형 산불은 온실가스 폭탄 ── 188

기후변화와 사과나무 ── 192

탄소중립과 녹색생활 ── 195

【참고문헌】 ── 198

제 **1** 부
나무를 배우다

나무, 거꾸로 선 현자

씨앗, 숲을 꿈꾸다

뿌리, 나무의 두뇌

잎, 나무의 얼굴

꽃, 자기복제의 고통

줄기, 나무의 골격

나이테, 해를 품다

단풍, 청정한 아름다움

낙엽, 내려놓음의 미학

종이, 나무의 살신성인

나無야 나無야

나무, 거꾸로 선 현자

마음 밭에 나무 한 그루 심는다.

나무의 삶을 통해 넘치지도 모자라지도 않는 자연의 순리를 배운다. 물도 주고 가지치기도 하고 때로는 접목도 하면서 한 뼘씩 키워나간다. 씨앗 한 톨이 싹을 틔우고 큰 나무로 성장하는 것은 기적 같은 일이다.

나무는 인체와 비교하면 거꾸로 서 있는 셈이다. 뿌리는 머리, 줄기는 몸통, 가지는 팔다리, 꽃은 생식기 그리고 부모 곁을 떠나 독립하는 열매는 자손과 같다. 나뭇잎은 하늘의 에너지를 호흡하고 뿌리로는 땅의 기운을 끌어 올려 하늘과 땅을 소통시키고 만물에 생명의 에너지를 전해 준다.

나무에서는 늘 맑고 밝은 기운이 배어 나와 몸과 마음을 정화해 주고 말없는 가르침을 준다. 평생 거꾸로 서서 내 생활 방식과 거꾸로 사는 경우가 많지만 그것이 큰 가르침이 되곤 한다. 나무는 어떤 삶을 살까?

나무는 태어나는 순간 홀로서기를 한다. 한 번 뿌리를 내리면 살아서는 더 이상 이동할 수 없기에 그 자리가 운명이 된다. 태어난 환경을 탓하거나 남과 비교하며 미래를 걱정할 겨를이 없다. '지금, 여기'에 충실할 뿐이다.

탁 트인 곳에서 유유자적하기도 하지만, 절벽이나 바위틈에서 모질게 살아가며 아름다운 자태를 만들기도 하고, 빽빽한 숲에서 치열하게 경쟁하며 곧고 높이 자라기도 한다. 좋은 환경에서 반드시 훌륭한 나무로 자라는 것은 아니다.

나무는 뿌리를 깊게 뻗어 근본을 튼튼히 하여 비바람을 견디고 상처가 나면 스스로 치유하고 불필요한 가지는 버리고 새로운 가지를 만든다. 바람이 불면 흔들리고, 비가 오면 온몸으로 맞고, 한여름 땡볕과 한겨울 혹한을 견디며 스스로 강해진다. 척박한 땅일지라도 혼신의 힘을 다해 살아내고 그곳을 기름지게 만들어 다른 생명이 살 수 있도록 돕는다.

나무는 나아갈 때와 멈출 때를 분명히 한다. 새싹을 틔울 때, 꽃을 피우고 열매를 맺을 때, 형형색색 단풍이 들 때 그리고 낙엽으로 내려놓을 때를 안다. 욕심과 집착으로 무리한 계획을 세우거나 서두르지 않고 순리를 따른다. 버림으로써 얻는 경지를 터득하여 꿋꿋이 주어진 삶을 이어간다.

나는 강원도 평창의 산골에서 나무와 함께 태어나고 자랐다. 부모를 떠나 홀로서기는 했지만 늘 지난 일에 대한 후회와 미래에 대한 걱정으로 '지금, 여기'에 충실하지 못했다. 성급함과 어리석음으로 근본을 소홀히 했고 비바람에 넘어질까 노심초사하며 내 인생의 주인이 되지 못했다.

멈춰야 할 때는 나아갔고 나아가야 할 때는 망설이며 때를 놓치기 일쑤였고 절제력과 인내심이 부족하여 쉽게 좌절했다. 능력을 과대평가했을 땐 고통이 따랐고 과소평가했을 땐 후회를 남겼다. 스스로 극복하기보다 환경 탓, 세상 탓을 하며 자존하지 못했고 인생의 많은 시간을 허비했다.

좌충우돌했던 시기가 지나고 이순을 넘기면서 나무가 알려주는 지혜를 하나둘 배우고 있다. 할 수 있는 일에는 최선을 다하지만 할 수 없는 일 때문에 괴로워하지 않는다. 비교하면서 지치기보다는 있는 그대로에 충실하고 감사한다. 자연의 리듬에 귀 기울이며 잘 비워야 잘 살 수 있다는 이치를 배운다. 무엇을 이루는 것도 중요하지만 살아가는 그 자체가 소중함을 깨닫는다.

나무는 빽빽한 숲에서도 일정한 거리를 둔다. 나름의 빈틈을 만들어 여유를 가지며 상대가 변하기를 바라기보다 자신을 바꾸어 관계를 맺고 세상에 적응한다. 스스로는 침묵하면서 늘 주변에 귀 기울이고 남을 따라 하기보다 자신만의 방식으로 삶을 개척하며 자존한다.

나는 늘 인간관계가 어려웠다. 얽히고설킨 감정 속에서 간섭하고 간섭당하면서 지치고 힘들 때가 있다. 그럴 때 나무처럼 일정한 거리를 두어 보면 고민했던 문제들을 좀 더 객관적으로 볼 수 있고 관계를 개선하기도 한다.

나무는 나이 들수록 품위가 더해진다. 연륜이 깊은 고목은 신비스럽기까지 하다. 그늘과 쉼터를 만들고 줄기는 속을 비워 다른 생명을 품는다. 넘치지 않게 살면서도 무엇을 내려놓아야 할지 알려준다. 내면을 깊숙이 다스려 생로병사에 순응하며 세월을 한탄하거나 두려워하지 않는다.

　나는 평생 달고 사는 만성질환이 있다. 나이가 들어도 인정받고 싶고 나누기보다는 내 것에 더 집착하며 좋은 소리만 듣고 싶고 싫은 소리를 들으면 섭섭하다. 이 고질병도 산책길에 만나는 나무에게 상담치료를 받고 있다.

　나무는 물과 공기와 햇빛만으로 유기물과 산소를 생산한다. 초식동물부터 먹이사슬을 통해 육식동물에 이르기까지 지구 대부분의 동물을 먹여 살리는 어머니 같은 존재다. 또한 인간이 내뿜는 이산화탄소를 흡수하여 기후변화를 예방하는 버팀목이다. 지구상에 나무처럼 위대한 생명체가 또 있을까?

　숲에 가면 나무와 내가 하나가 된다. 나무가 내쉰 산소를 내가 들이마시고 내가 내쉰 이산화탄소는 나무가 흡수한다. 나무의 숨결이 내 핏속으로 녹아들어 영혼을 씻어주고 내 숨결은 다시 나무의 에너지로 사용되어 한 몸이 된다. 지구촌 어디에 살든 늘 핏줄이 당기듯 나무가 그리워지는 까닭이다.

　가끔은 세상을 거꾸로 볼 때 안 보이던 것이 보이고 소홀했던 것에 관심을 두게 된다. 평생 쓸데없는 말을 수없이 내뱉었으니 나무처럼 침묵해 보고, 산소만 좋아하고 이산화탄소를 마구 배출했으니 욕망을 줄여보고, 내 주장만 고집하고 가족과 주변에 소홀했으니 뿌리처럼 손잡아 보고 그리고 생각에 사악함을 버린다면 감히 나무와 친구가 될 수 있을까?

나무는 거꾸로 선 현자다. 내가 나무를 키운 것이 아니고 나무가 나를 이끌고 성장시켰다. 수억년을 진화하며 터득한 나무의 지혜를 백년 인생에 다 배운다는 것은 교만이다. 마음 밭에 다시 나무 한 그루 심는다. 나무야! 나무야!

씨앗, 숲을 꿈꾸다

시작은 언제나 두렵고 설렌다.

올봄 아파트 베란다의 화분에 정체 모를 새싹 하나가 돋았다. 처음엔 뽑아낼 생각도 했지만 밝은 연두색 떡잎이 앙증맞아서 그냥 두고보기로 했다. 베란다에는 다육 식물 외에 몇 종류가 있지만 씨앗을 퍼뜨릴만한 식물은 없었기에 궁금하기도 했다. 혹시, 민들레 씨앗이 바람에 날아온 것일까? 아파트 10층의 콘크리트 절벽을 어떻게 올라와 새싹을 틔웠을까?

호기심이 꼬리를 무는 사이 어느새 줄기가 쑥 올라왔다. 하루가 다르게 자라더니 잎맥이 선명하고 가장자리에 톱니가 있는 넓적한 잎을 여러 장 매달았다. 자세히 보니 들깨였다. 지난가을 기름을 짜려고 지인이 재배한 들깨를 사다가 베란다에 보관하는 과정에서 씨앗 한 톨이 화분에 떨어졌던 모양이다. 사소한 일이지만 씨앗의 잠재력과 생명력에 새삼 경이로움을 느껴본 시간이었다.

나무가 유일하게 이동할 수 있는 시간은 씨앗일 때다. 어미는 씨앗이 자신으로부터 멀리 벗어나길 바라지만 어디에 정착할지는 운명에 맡길 수밖에 없다. 낙엽이 수북한 곳이거나 비옥한 땅에 정착할 수도 있지만, 노출된 씨앗은 동물의 먹이가 되거나 햇빛에 말라 죽고, 상당수는 곰팡이에 의해 분해되어 일찌감치 흙으로 돌아간다. 기회는 단한 번뿐이고 복불복이다.

어미는 먼 길 떠나는 씨앗 속에 비상식량과 홀로서기 할 때 필요한 나침판을 장착해 둔다. 추위를 견디고 수분 침투나 파손 방지를 위해 딱딱한 겉껍질과 부드러운 속껍질로 이중삼중 포장한다. 모두 친환경 포장지다.

씨앗은 비상식량을 이용해 첫 뿌리를 내리고 이후 어미로부터 물려받은 생명의 내비게이션에 따라 자신의 삶을 찾아갈 것이다. 운이 좋으면 순탄한 일생을 보내기도 하지만 때로는 힘들게 싹을 틔우고 모질게 살아가기도 한다.

우리나라같이 사계절이 뚜렷한 온대지방인 경우 씨앗이 땅에 떨어져 처음 맞는 시련은 겨울이다. 혹한을 잘 견디고 그 이듬해 싹을 틔우기도 하지만 그렇지 못한 경우가 훨씬 더 많을 것이다. 알맞은 발아 조건이 형성될 때까지 무작정 기다릴 수밖에 없다. 기회는 단 한 번뿐이고 역시 복불복이다.

간혹 오랜 세월 잠들어 있던 씨앗이 싹을 틔워 세상을 깜짝 놀라게 하는 경우도 있다. 일본에서는 2천 년 동안 땅속에 보관되어 있던 연꽃 씨앗이 싹을 틔우고 꽃을 피운 사례가 있었고, 우리나라에서도 7백년 전 고려시대의 연꽃 씨앗이 옛 성터에서 발굴되어 꽃을 피운 경우가 있다고 한다.[1],[2] 두 곳 모두 연꽃 씨앗이었는데 특별한 이유라도 있는지 궁금하다.

일본의 화학자 시토 겐타로가 쓴 「세계사를 바꾼 12가지 신소재」에는 진화 과정에서 식물이 고안해 낸 3대 발명품을 강한 섬유질, 엽록소에 의한 광합성 그리고 춥거나 메마른 환경을 견뎌내는 씨앗이라 했다.[3] 씨앗의 포장 기술이 얼마나 뛰어났으면 천 년 이상 보관할 수 있었을까? 믿기 어렵다.

나무 한 그루에도 수백, 수천 개의 씨앗이 달리지만 극히 일부만 싹을 틔우고 그중에서 또 한두 개만 큰 나무로 성장한다고 한다.[4] 내가 산책길에서 만나는 자생의 소나무와 참나무 종류가 복권 확률만큼이나 어렵게 성공한 경우라 생각하니 더없이 귀하고 우러러보인다. 나의 존재도 그와 같을 것이다.

씨앗은 인류에게도 소중한 식량이다. 전 세계 수십억 명의 인구가 매일 초본 식물의 씨앗과 목본 식물의 열매를 먹는다. 인류가 가장 많이 소비하는 씨앗은 커피나무의 씨앗인 커피콩이 아닐까 추측해 본다.

한국인의 씨앗 사랑은 특별하다. 쌀을 비롯해 보리, 조, 콩, 팥, 기장, 수수, 옥수수 등 갖가지 씨앗들을 섞어 잡곡밥을 짓는다. 특히 콩 씨앗에 대한 사랑은 유별나다. 된장, 고추장, 막장, 청국장 등의 발효 식품을 만들거나 두부나 콩나물로 먹기도 한다. 가장 많이 사용되는 식용유의 원료도 콩이다.

인류의 씨앗 역사에는 기념비적인 사건도 있었다. 러시아의 식물학자인 바빌로프 박사와 동료 과학자들은 전 세계에서 수십만 종류의 재배 식물 씨앗을 수집하여 바빌로프 연구소에 보관하고 있었다. 최초의 종자 은행인 셈이었다.

제2차 세계대전 당시 독일군이 상트페테르부르크를 점령했을 때 수많은 사람들이 굶어 죽는 상황에서도 바빌로프 연구소의 과학자들은 인류를 위한 종자를 지키고자 식량 포대에 둘러싸여서도 굶어 죽었다고 한다.[5]

자신의 목숨을 희생하면서까지 씨앗을 지켜낸 그들의 숭고한 정신을 전 세계인이 두고두고 기념하고 있다.

큰 나무도 그 처음은 작은 씨앗이었고 울창한 숲도 한 톨의 씨앗으로부터 시작되었다. 영국 웨일스에는 "사과 속에 숨은 씨앗은 보이지 않는 과수원이다."라는 속담이 있다.[6] 장 지오노의 소설 「나무를 심은 사람」에도 메마르고 황량한 땅에 심은 씨앗 하나가 열매를 맺고 그 열매 속에 다시 씨앗을 품으면서 숲이 우거지고 젖과 꿀이 흐르는 비옥한 땅으로 만든다.[7]

씨앗 한 톨이 뿌리를 내리고 새로운 삶을 시작하는 것은 벅찬 감동이고 희망이며 새로운 역사가 시작되는 것이다. 씨앗은 숲을 꿈꾸기 때문이다.

뿌리, 나무의 두뇌

"아! 캄캄해. 여기는 어디야?"

아늑하고 기름진 씨앗 속에 잠들어 있던 생명이 마침내 단단한 껍질을 뚫고 세상과 처음 만나는 순간이다. 짧게는 몇 개월에서 길게는 몇 년 동안 희망을 품고 무던히도 기다렸던 세월이다.

인연이 닿은 어느 날 몸이 화끈거리고 근질거리더니 기지개를 켜듯 껍질 밖으로 뿌리를 내민다. 컴컴하고 축축한 땅속 세상의 첫 느낌은 어떨까?

갓 나온 뿌리는 통통하고 뽀얗고 연약하다. 긴장되고 두렵지만 한편으론 흙 알갱이 사이로 느껴지는 공기의 상쾌함에 숨통이 트인다.

탄생의 순간 너무도 큰 에너지를 소진해서 지치고 갈증이 난다. 흙 속의 작은 틈을 비집고 힘겹게 빨아올린 첫 물맛은 또 어떨까?

정신을 가다듬은 뿌리는 떡잎을 지상으로 밀어 올린다. 눈부신 햇살을 처음 본 잎은 본능적으로 빛이 생명의 에너지임을 느낀다. "와! 신천지다!"

뽀송하고 따스한 햇살과의 상쾌한 만남도 잠시다. 뿌리는 이제부터 온전히 홀로서기를 해야 한다. 지상은 온통 험난하고 견뎌야 할 역경이 너무 많고 매 순간 선택의 고민에 빠진다. 모험과 힘겨움으로 첫 겨울을 견뎌낸 뿌리는 어미젖을 빨 듯 땅속의 양분을 힘차게 빨아들여 줄기로 밀어 올린다.

쑥쑥 자라는 어린나무의 모습에 뿌리도 벅찬 기쁨을 감출 수 없다. 계절이 반복되고 뿌리가 자리를 잡으면 줄기는 더 굵고 튼실해지며 가지를 사방으로 뻗고 잎이 무성해진다. 가지 많은 나무에 바람 잘 날 없듯 수많은 잎을 거느린 뿌리는 눈코 뜰 새 없이 바쁘다.

앞으로 어떤 삶이 펼쳐질지는 예측할 수 없지만 먼 옛날 조상으로부터 이어온 유전자(DNA) 지도에 따라 하나씩 삶의 방정식을 풀어간다. 차츰 세상을 배우고 책임감도 느끼며 희망찬 미래도 설계할 것이다.

나무는 근본을 다지기 위해 성년이 될 때까지 생식도 멈춘다. 꽃과 열매를 맺는 대신 오로지 뿌리와 줄기를 튼튼히 하는 데 힘쓰는데 오래 사는 나무일수록 그 기간이 길다고 한다.[8] 나무가 지구 생명 가운데 가장 키가 크고 오래 살 수 있는 것은 뿌리가 땅속 깊이 박혀 기본에 충실하고 중심을 잡아주기 때문일 것이다.

비바람에 흔들릴수록 뿌리의 힘이 강해지듯 인생도 시련을 겪으며 성장해 간다. 나는 젊은 시절 한 곳에 제대로 뿌리를 내리지 못했고 우왕좌왕하며 직업도 여러 번 바꾸면서 많은 시간을 허비했다. 그러나 한편으론 그런 방황이 내적 성장의 계기가 되기도 했다.

뿌리는 나무의 두뇌다. 보이지 않는 곳에서 나무의 모든 것을 조정하고 이끌어 간다. 사람들은 눈에 띄는 꽃과 열매로 나무를 판단하거나 관심을 두지만, 그 외형을 설계한 것이 햇빛과 바람과 뿌리의 의지일 것이다. 세상 이치가 그렇듯 보이는 것보다 보이지 않는 것이 더 중요할 때가 많다.

산림생태학자 차윤정 박사의 책 「숲 생태학 강의」에 보면 나무가 자신의 열매를 만들 때 그 열매를 먹을 동물을 염두에 두고 디자인하며 열매의 양도 조절한다고 한다.[9] 그 역할을 뿌리가 한다면 얼마나 놀라운 일인가?

나무의 모든 부분이 뿌리와 연결되어 있기 때문에 지상의 가지가 잘리거나 줄기에 상처를 입으면 땅속의 뿌리도 고통을 느낄 수 있다. 아무리 줄기가 튼튼하고 잎이 무성해도 뿌리를 자르면 죽지만 줄기나 잎을 잘라내도 뿌리가 튼실하면 새로운 가지를 만들어 삶을 이어간다.

나무가 모인 사회가 숲이다. 어떤 사회든 기본적으로 경쟁과 협력이 있다. 울창한 숲에서 줄기와 가지는 햇빛을 차지하기 위해 어쩔 수 없이 이웃과 경쟁하지만, 땅속의 뿌리는 서로 엉켜 손잡고 나눈다. 땅속에서 균류와 협동하여 공생 관계를 이루는 뿌리를 균근(菌根) 또는 균뿌리라 한다.

캐나다 식물학자 수잔 시마드의 책 「어머니 나무를 찾아서」에 보면 이웃한 나무들은 균뿌리를 통해 연결망을 구축하여 서로 물과 양분을 교환하며 상부상조한다. 이때 오래된 나무가 숲의 허브 역할을 하는데 저자는 이를 '어머니 나무'라 불렀다. 숲에서 이루어지는 균뿌리의 네트워크를 '우드 와이드 웹(wood wide web)'이라 표현하기도 한다.[10]

나무를 배우면서 회한에 잠길 때가 있다. 나는 지난 시절 모나고 성급하여 매사에 실수투성이였고 따뜻한 가족이나 좋은 이웃이 되지 못했다. 돌아보면 부끄럽고 스스로에게 화가 난다.

어느덧 나무의 시간도 많이 흘렀다. 지구에서 가장 오래 사는 생명체인 나무지만 생로병사를 피해 갈 수는 없다. 어미가 그랬고 그 어미의 어미도 그랬듯 흙에서 시작된 생명이 다시 흙으로 돌아가는 것은 단순하고 명쾌한 진리다.

아름다웠던 순간들을 떠올려 본다. 작은 씨앗에서 태어나 한 공간을 차지하며 큰 재목으로 성장하였고 명예도 얻었으며 자손도 많이 퍼뜨렸다. 인자하고 늠름했고 자랑도 많았지만 이젠 과거일 뿐이다.

탄생 과정에서 가장 먼저 나온 뿌리는 생명이 꺼져갈 때는 가장 늦게 숨을 거둔다. 쉼 없이 자신의 역할에 충실해 온 뿌리는 후회도 없고 두려워할 것도 없다. 이제 자신이 태어나고 살아온 바로 그 자리에서 거름이 되어 또 다른 생명을 키울 것이다. 그것이 곧 부활이다.

맑고 청명한 어느 가을날, 바람에 날린 씨앗 하나가 나뭇잎이 수북한 그 자리에 떨어졌다. "와! 푹신푹신하다. 여기는 어디야?"

잎, 나무의 얼굴

생명이 움트는 벅찬 봄이다.

마른 가지 끝에 돋아나는 작고 앙증맞은 새순은 아기 얼굴 같다. 뽀얗게 부풀어 오르는 연둣빛 그 순수에 뭇 생명이 환해지고 건강한 에너지를 얻는다. 혹독한 겨울을 견디며 애타게 봄을 기다렸을 나무도 자신의 새순이 얼마나 대견스러울까? 칙칙했던 숲도 기지개를 켠다.

잎은 나무의 얼굴이다. 사람의 얼굴에 눈, 코, 귀, 입이 있듯이 나무는 잎으로 보고, 듣고, 숨 쉬고 마신다. 나무의 외모도 상당 부분 잎이 만든다. 연둣빛 새순일 때, 진한 초록으로 빛날 때, 울긋불긋 단풍이 들 때 그리고 무성했던 잎을 다 떨구고 벌거숭이가 되었을 때 나무의 모양은 확연히 다르다.

같은 나무에도 처음 나온 잎은 부드럽고 윤기 나는 연녹색이지만 다 자란 잎은 거칠고 투박해지면서 짙은 녹색으로 변한다. 같은 잎도 매끄러운 앞면에 비해 뒷면은 거칠고 솜털이 나와 있고 잎맥도 핏줄처럼 불거져 있다.

나무는 수 억 년 동안 시행착오를 거치며 잎의 모양, 크기, 숫자, 낙엽의 시기 등을 자신의 생존에 유리한 방향으로 진화시켜 왔을 것이다.

그 덕분에 인간은 잎의 성향으로 나무를 대분류할 수 있다. 생김새에 따라 바늘잎나무와 넓은잎나무로 나누며 한자어로는 침엽수와 활엽수라 한다. 잎이 햇빛을 많이 좋아하면 양지나무고, 비교적 덜 좋아하면 음지나무라 한다. 잎의 색깔이 사계절 녹색이면 늘 푸른 나무 또는 상록수라 하고 단풍이 들고 낙엽이 지면 갈잎나무 또는 낙엽수라 일컫는다.

나무의 종류에 따라 잎의 수명도 다르다. 낙엽수는 6~7개월, 늘 푸른 나무는 2~3년 정도 되는데 주목 나무는 잎의 수명이 7년이나 되는 것도 있다고 한다.[11] 낙엽수는 가을에 일제히 잎을 떨구고 나목이 되지만 상록수는 나뭇잎의 교체 주기가 길고 새잎과 기존 잎이 공존하며 순차적으로 낙엽이 지기 때문에 늘 푸르게 보인다.

나무의 신체 중에 가장 수난을 많이 겪는 것도 잎이다. 곤충의 애벌레나 초식동물은 부드럽고 영양분이 많은 어린잎을 즐겨 먹는다. 따라서 나무는 잎의 숫자를 실제 필요한 양보다 여분으로 더 만든다고 한다.[12] 나무 종류에 따라서는 사람도 새순을 따서 봄나물로 먹는데 이런 경우 추가로 10% 정도 더 만들어야 할 것 같다.

잎의 기능 중 최고는 역시 광합성작용이다. 무기물에서 유기물을 합성하는 일은 지구 생태계에 '신의 한 수' 같은 사건이다. 물과 공기와 햇빛을 이용해 탄수화물을 만드는 잎은 지구에서 가장 중요한 1차 생산자다.

잎이 생산한 유기물은 미생물과 곤충을 비롯한 초식동물의 식량이 되고 먹이사슬을 통해 다시 육식동물로 이어지면서 직간접적으로 지구의 모든 동물을 먹여 살리는 에너지원이 된다. 광합성 작용을 지구에서 '가장 아름다운 화학반응식'이라 부르는 이유다.

나무는 잎의 모양에 따라 생존방식도 다르게 진화했다. 소나무는 잎이 가느다란 대신 숫자가 많고 겨울에도 광합성을 하고, 참나무 종류는 잎이 넓고 큰 대신 숫자가 적고 가을에 잎을 떨구고 겨울잠을 잔다.

잎의 또 다른 기능은 증산작용이다. 푹푹 찌는 한여름에도 숲에 가면 시원한 느낌이 드는 것은 무성한 잎이 햇빛도 가려주지만, 잎 뒷면의 공기구멍으로 수분을 배출하여 시원함을 더해준다.

잎의 수분 배출량은 광합성 작용이 왕성한 한여름에 특히 많다고 하는데 나무도 땀을 흘리는 것일까? 차윤정 등이 쓴 「숲 생태학 강의」에 보면 온대 지역에서 자라는 낙엽 활엽수의 경우 하루에 100~700리터까지 수분을 배출한다고 한다.[13] 나무를 배우다 보면 놀라운 일이 한둘이 아니다.

비록 바람에 흔들릴 만큼 연약한 잎이지만 지구촌의 수많은 생명을 먹여 살리고 그들이 호흡할 수 있는 산소를 내뿜으며 인간이 초래한 기후위기를 극복하는 데 큰 역할을 하고 있다. 지구의 진정한 주인은 식물의 잎이다.

잎의 사계는 인생에 비유된다. 이른 봄 뽀얗고 천진난만한 새순은 갓난아기를 닮았고 부드럽고 윤기 나는 어린잎은 유년기와 같다. 나무가 꽃을 피우고 열매를 맺을 때쯤 청장년이 된 잎은 몸살이 날 만큼 바쁘고 숨차게 일한다. 한여름 뙤약볕에 그을리고 천둥과 비바람을 맞으며 전쟁을 치르듯 살아낸다.

봄부터 쉬지 않고 헌신한 잎은 서늘한 가을이 오면 자신의 임무가 다했음을 감지하고 가슴 깊숙이 묻어 두었던 내면의 언어들을 형형색색으로 토해낸다. 붉은 열정, 갈 빛 사연, 노란 연정이 어우러진 은퇴 작품을 완성한다.

최선을 다한 잎은 자신을 낳아준 나무의 짐을 덜어주기 위해 잡았던 손을 미련 없이 놓고 바람과 중력에 몸을 맡긴다. 어릴 적 그 뽀얗고 탱탱했던 피부는 어디로 갔을까? 생을 마친 잎은 낙엽이 되어 분해된다.

세월이 흐른 어느 해, 흙이 된 나뭇잎은 뿌리를 통해 줄기를 타고 가지 끝으로 달려가 겨울눈이 된다. 쌀알 같은 겨울눈 속에는 또 다른 가지와 잎이 들어있다. 잎의 부활이다. 잎의 나무 사랑은 윤회를 거듭하며 계속될 것이다.

나는 무엇을 위해 나뭇잎처럼 헌신해 본 적이 있던가? 비록 푸석하고 헐은 낙엽일지언정 함부로 밟지 말아야겠다. 한때 빛났던 나무의 얼굴이잖은가.

꽃, 자기복제의 고통

꽃은 누구를 위해 피는 걸까?

나무는 꽃 피울 시기가 되면 성장을 멈추고 꽃에만 집중한다. 자기 유전자를 이어가기 위해 몸살이 날 만큼 혼신의 힘을 쏟는다. 씨앗에서 갓 태어난 새싹이 온갖 풍상을 견디고 첫 꽃을 피웠을 때의 성취감은 어떤 느낌일까?

꽃은 사람의 마음도 흔든다. 기쁠 때나 슬플 때 꽃으로 감정표현을 하고 갖가지 생활용품에 응용하고 디자인되며 수많은 예술의 소재로 찬미 된다.

식물의 입장에선 곤충을 유혹하고 수정하기 위해 피웠을 뿐인데, 인간이 그토록 환호하면 적잖이 어리둥절할 것 같다. 꽃에는 어떤 사연이 있는 것일까?

리처드 도킨스의 책 「이기적 유전자」에 보면 모든 생명체는 유전자(DNA)의 자기복제를 위한 생존 기계이며 살아남기 위해 이기적일 수밖에 없다. 진화의 선제 조건도 우연히 발생하는 자기복제의 오류에서 시작된다고 한다.[14]

수억 년 전 지구에 출현한 고사리 같은 양치식물은 꽃이 없었다. 세월이 흐른 어느 날, 유전자 하나가 잎을 만들려다 실수로 꽃눈을 만들었고 그 놀라운 자기복제의 효율성에 감탄하여 반복 선택하면서 꽃으로 진화했을 수 있다.

잎을 만들려다 실수로 생긴 꽃의 색깔도 처음에는 잎과 같은 초록색이었을 것이다. 물론 이 모든 것은 추측일 뿐 정확한 사실을 누가 알겠는가.

꽃을 수정시킨 첫 중매쟁이도 바람이었을 것이다. 무작위로 불어오는 바람을 기다리는 꽃은 화려할 필요가 없었다. 그러다 우연히 족집게의 성공 확률을 가진 곤충이라는 중매쟁이를 알게 되었고 그들을 유혹하기 위해 새로운 디자인이 필요했을 것이다.

식물의 이기적 유전자는 수많은 시행착오를 거치며 오로지 자신을 위한 꽃의 모양, 크기, 색깔, 향기, 암호 같은 문양을 만들었고 거간비로 달콤한 꿀까지 준비했다. 이제 꽃은 식물의 경쟁력이고 자존심이 되었다.

꽃은 나무의 생식기관이다. 사람도 사춘기가 되면 성징이 나타나듯 나무도 어린 시절을 거쳐 일정한 연륜이 되어야 꽃을 피우는데 그 기간을 전문용어로 유형기라 한다. 차윤정이 쓴 「신갈나무 투쟁기」에 보면 소나무의 유형기는 5년 이상이고 참나무 종류는 싹을 틔운 후 약 20년 정도 걸린다고 한다.[15]

꽃이 일찍 피고 늦게 핀다는 것은 순전히 인간의 기준이다. 나무는 자신의 생체 시계에 맞춰 피어야 할 때 필뿐이다.

꽃의 수정 방법도 각양각색이다. 한 꽃송이 안에서 암술과 수술로 수정되기도 하고, 소나무나 참나무 종류처럼 한 나무에 암꽃과 수꽃이 따로 피기도 하며, 은행나무나 버드나무같이 암나무와 수나무가 따로 있는 경우도 있다.

꽃의 색깔도 다양하다. 우리나라에서 피는 꽃 중에는 흰색이 30% 이상으로 가장 많고 그다음이 빨간색과 노란색 순이며 3가지 색깔의 꽃이 전체의 70~80% 정도 된다고 한다.[16] 흰색 꽃이 가장 많은 이유는 곤충의 눈에 잘 뜨이고 다른 색에 비해 만들기 쉽기 때문이라고 한다.[17]

내가 산책하러 다니는 뒷동산도 계절마다 다양한 꽃이 핀다. 3월에 노란 생강나무꽃을 시작으로 4월이면 진달래가 지천으로 피어 온 산을 분홍빛으로 물들인다. 진달래나 산철쭉의 꽃잎에는 깨알 같은 반점이 보이는데 이 역시 진화의 산물로 꿀이 있다는 암호다. 전문용어로는 허니 가이드(honey guide) 또는 넥타 가이드(nectar guide)라 하는데 꽃에 따라 사람의 눈에는 안 보일지라도 곤충은 그 암호를 찾아 꽃을 선택한다고 한다.[18]

진달래가 지고 나면 이어서 소나무의 수꽃인 송화가 피어 바람이라도 불라치면 마치 황사처럼 숲을 뿌옇게 덮는다. 봄가을에 알레르기 비염이 심한 나는 반드시 마스크를 쓰고 산책을 나서야 한다. 어쩌다 깜빡 잊는 날은 완전히 최루탄을 맞은 듯 눈물, 콧물, 재채기로 정신을 못 차린다.

5월의 등산로 입구엔 하얀 아카시꽃이 흐드러지게 핀다. 달콤한 향과 "윙윙" 거리는 벌 소리에 봄이 무르익는다. 6월엔 하얀 밤꽃이 피는데 그 옆을 지나면 특유의 비릿한 냄새 때문에 금방 알아챈다.

도토리가 열리는 참나무 종류의 꽃은 눈에 띄게 화려하거나 특별한 향기가 있는 것도 아니어서 일부러 찾아보기 전에는 모르고 지나치기 일쑤다. 한 뼘쯤 되는 가는 줄에 노란 연두색의 콩고물을 묻힌 모양으로 여러 줄을 아래로 축 늘어뜨려 핀다. 7월 중순쯤이면 산책로 바닥에 도토리거위벌레가 잘라놓은 작은 나뭇가지들이 즐비하게 떨어져 있는데 이 또한 도토리 속에 들어있는 알이 땅속에서 월동할 수 있도록 돕는 거위벌레의 자기복제 수단이다.

낙엽이 지는 11월에 피는 꽃도 있다. 헐렁해지고 쓰렁쓰렁한 가을 숲의 산책길 옆에 드문드문 구절초가 하얀 미소를 짓는다. 반갑기도 하고 한편으론 애잔한 느낌도 든다. 벌 나비도 안 보이는데 무엇을 기다리는 걸까?

요즘은 기후변화로 꽃피는 시기도 뒤죽박죽이다. 우리 동네 덩굴장미는 해마다 5월 중순에 빨간 꽃을 피우는데 2023년엔 온난화 현상으로 11월 초에 한 번 더 활짝 피었다. 기후변화가 우리 동네에도 현실로 다가오고 있다.

식물이든 동물이든 인간이 좋아하면 불행해진다. 동물은 좁은 공간에 갇혀 알과 새끼를 낳는 공장의 기계처럼 취급되고, 꽃은 온실에서 사계절 재배되며 유전자 조작으로 열매도 못 맺고 꽃송이만 강조되는 기형 식물로 전락한다. 인간의 욕망과 돈이 결탁하면 자연의 순리가 헝클어지고 그 정체성을 잃는다.

인간이 유난히 좋아하는 장미는 자연에 없는 녹색 장미, 파란 장미

등으로 색깔을 바꾸었고, 최근에는 어둠 속에서 스스로 빛을 발하는 꽃이 개발되는 등 자연의 섭리가 어디까지 변형될지 상상키 어렵다.

꽃이 아름다운 것은 인간을 위해 핀 것이 아니기 때문이다. 꽃이 진정 아름다운 것은 잠시 폈다지는 시절 인연 때문이다. 그것이 최고의 자연미다.

줄기, 나무의 골격

나무는 해바라기다.

줄기와 가지는 비바람을 헤치며 햇빛을 찾아 허공을 향해 한다. 곧게 자라기도 하지만 햇빛 경쟁을 하며 굽어지거나 외틀어지기도 한다. 그래서 나무는 '햇빛이 디자인하고 바람이 다듬는다.'고 한다.

나무는 지구에서 가장 크고 오래 사는 생명체다. 나무가 크게 자랄 수 있는 것은 죽을 때까지 성장하는 특성과 균형 감각이 뛰어나기 때문일 것이다. 수직으로 선 줄기와 수평으로 뻗은 가지는 기하학적 조화를 이룬다.

미국 캘리포니아에 있는 삼나무는 무려 100m 내외까지 자란 경우도 있다고 하는데 상상하기 어려울 만큼 놀랍다.[19],[20]

나무가 오래 사는 데는 여러 가지 이유가 있겠지만 몸에 치명적인 급소가 없는 것도 장수의 비결 중 하나라고 한다. 나무의 수명은 종류와 환경 조건에 따라 다른데 우리나라에서는 양평의 용문사에 있는 은행나무가 1,000년이 넘었고, 삼나무나 자이언트 세쿼이아는 3,000년 이상 살 수 있다고 한다.[21] 나무의 키는 눈에 확실히 보이지만 나이는 나무만이 알 것이다.

나무의 골격 줄기

나무의 골격은 우듬지가 만들어 간다. 수많은 가지를 거느리고 맨 꼭대기에서 햇빛을 찾아 방향을 결정하면 줄기의 틀이 만들어진다. 우듬지가 부러지면 또 다른 가지가 그 역할을 대신하면서 기하학적 형태가 바뀌기도 한다.

줄기는 물류 이동 통로다. 뿌리에서 빨아들인 수분과 영양분이 줄기를 통해 가지 끝까지 배달되고, 잎에서 합성한 탄수화물은 줄기를 경유하여 뿌리로 보내져 나무가 균형 있게 자라게 해준다. 줄기가 쭉쭉 뻗은 고속도로라면 가지는 사방으로 연결된 지방도로다.

줄기는 나무의 크기를 결정한다. 큰 키 나무는 한자어로 교목, 중간 크기는 아교목 또는 소교목이라 하고, 작은 키 나무는 관목 또는 떨기나무라 부른다. 나무는 계속 자라기 때문에 크기의 기준을 정확히 평가하기는 어렵지만 대개 10m 이상이면 큰 키 나무고 6~10m 정도면 중간 크기 나무라 한다.[22]

줄기가 가장 특별한 나무는 바오바브(baobab)나무다. 호주나 아프리카 지역에 서식한다는 바오바브나무는 혹독한 가뭄을 견디기 위해 줄기에 엄청난 양의 수분을 저장하면서 기형적으로 굵어진 모양이 되었다고 한다. 얼마나 갈증에 시달렸으면 그런 모습을 했을까? 인내심의 지존이다.

바오바브나무는 뿌리가 깊고 천천히 성장하기 때문에 1,000년 이상을 살 수 있고 높이는 20m, 둘레는 10m 이상 성장할 수 있다고 한다.[23]

생텍쥐페리의 소설 「어린 왕자」에도 바오바브나무에 대한 이야기가 나온다. 어린 왕자의 별은 너무 작아서 바오바브나무가 많아지면 뿌리가 별을 산산조각 내기 때문에 규칙적으로 뽑아 줘야 한다는 다소 엉뚱한 대화가 나온다.[24] 바오바브나무의 실물을 한번 보고 싶다.

나무의 팔다리 가지

나뭇가지는 끝부분에서 계속 갈라지면서 퍼져나간다. 간혹 원줄기에서 직접 돋아나는 가느다란 가지가 있는데 맹아지라 부른다. 나무의 건강 상태가 좋지 않을 때 새로운 잎을 만들어 광합성을 하려는 몸부림이라고 한다.[25]

나무는 스스로 가지치기를 한다. 빽빽한 숲에서 햇빛이 가려 광합성을 할 수 없는 아래쪽 가지들은 비효율적이다. 따라서 수분과 영양분을 차단하여 고사시켜 떨어뜨리는데 이를 낙지(落枝)라 한다. 나무의 경제학이다.

한편, 도시의 가로수나 아파트의 정원수는 가지치기 때문에 고통을 겪는다. 나무가 자라면서 간판이나 운전자의 시야를 가리는 등 이런저런 이유로 가지치기를 당하는데 그 정도가 심하다.

국제 수목관리협회에서는 나무의 건강한 생존을 위해 가지치기를 25% 이내로 제한하고 있고, 우리나라에서도 이 기준을 2023년부터 환경부에서 권고하고 있다.[26],[27] 그러나 우리 동네 나무들은 올해도 왕창 잘려 나갔다.

가지치기를 당한 모습이 몽당연필 같기도 하고, 손질해 놓은 '닭발' 모양을 닮아 우스꽝스럽고 나무의 고통이 전해지는 것 같아 참담해 보인다.

요즘은 가로수의 모양을 세모, 네모, 동그라미 등 기하학적 형태로 가지치기하는 경우도 있는데 이를 '테마 전정' 또는 '조형 전지'라 한다.

줄기와 가지에는 늘 삶과 죽음이 공존한다. 나무껍질 바로 밑의 필름처럼 얇은 층만 살아있는 조직이고 안쪽의 목질 부분은 이미 죽은 세포다. 줄기의 나이가 100살이면 99년까지의 몸은 이미 지난 삶의 기록이다. 삶과 죽음을 공존시키며 지나친 욕심을 경계하고 죽음의 공포로부터 자유로워진다.

나무는 나이가 아무리 많아도 끊임없이 새로운 미래를 설계하며 어떤 상황에서도 순리를 터득하며 살아간다. 지구상에서 이렇듯 위대한 시스템을 갖춘 생명체는 나무밖에 없을 것이다. 나무야! 나무야!

나이테, 해를 품다

시간의 흔적, 삶의 기록!

나이테는 나무가 쓰는 수필이다. 어린 시절의 꿈을 가슴 한가운데 간직한 채 해마다 한 줄, 두 줄 새로운 사연들을 그려 나간다. 성장 과정에 대한 회상과 살면서 체득한 생활의 발견 그리고 작은 깨달음을 행간에 담는다. 난해한 은유나 꾸며낸 이야기는 없다. 생태 환경에 따라 주제와 소재를 선택하고 색깔과 간격을 조절하면서 자신만의 구성과 서술과 문체를 만들어 간다.

나무는 수직과 수평 성장을 동시에 한다. 횡으로는 나이테라는 나무의 서사를 기록하고 종으로는 나뭇결이라는 희로애락을 새긴다. 가지 많은 나무에 바람 잘 날 없지만 엄선하고 다듬어 일 년에 딱 한 편씩만 완성한다.

나이테가 둥글다고 삶도 둥근 것만은 아니다. 어떤 생명이든 밝음과 어둠이 교차하는 것이 삶의 본질이다. 봄부터 여름까지 쑥쑥 자라는 시기는 행간도 넓고 밝게 쓰지만 혹독한 겨울이나 역경이 있을 땐 촘촘하고 어둡게 묘사한다.

모든 나무가 똑같은 형태로 나이테를 만드는 것도 아니다. 계절의

변화가 없는 열대 지방은 나이테가 선명하지 않거나 없는 경우도 있고, 온대 지방에서도 아카시나 버드나무와 같이 성장이 빠른 나무는 나이테가 선명하지 않다.

창작은 고통의 산물이라 했던가? 모든 경우가 그런 것은 아니겠지만 배부르고 등 따시면 동기부여나 의지가 약해질 수도 있다.

나이테는 생육 환경에 따라 그 모양이 변한다. 지난 수십 년 동안 소나무의 나이테를 분석한 결과 주기적으로 생장 변화를 겪었던 것으로 나타났는데 그 기간이 솔잎혹파리가 창궐했던 시기와 대부분 일치했다고 한다.[28] 또 다른 연구에 의하면 유럽에서는 허리케인이 자주 발생했던 해에 나이테 폭이 좁아졌다는 보고도 있다.[29] 모두 인내한 흔적이고 고통의 기록이다.

이런 추측이 가능한 것은 연륜연대학(年輪年代學)에 기초한다. 환경 조건에 따라 달라지는 나이테의 특성을 분석하여 연대를 측정하고 과거의 기후나 생태를 연구하는 학문이다.[30]

때로는 과학으로 설명할 수 없는 자연 현상도 있는 것 같다. 어느 해 서울 종로구 통의동의 천연기념물인 백송이 폭우와 강풍에 쓰러졌는데 전문가들이 나이테를 분석해 보니 일제강점기인 1919년부터 1945년 사이의 간격이 특별히 촘촘하고 짙었다고 한다.[31],[32] 백성들이 가장 좋아하는 소나무가 민족의 아픔을 함께하며 고통의 시간을 기록한 것일까?

나이테는 숲의 노래를 담은 레코드판을 연상케 한다. 얇게 켜서 턴

테이블에 걸면 바람 소리, 계곡 물소리, 풀벌레 소리, 매미 소리, 새소리 등 온갖 자연의 이야기가 리듬을 타고 흐를 것 같다. 그 속에는 나무마다 자신의 삶에서 겪었던 내면의 소리도 있을 것이다. 만약 인간에 대한 감상도 녹음되어 있다면 나무는 어떤 음악으로 표현할까?

나무는 악기의 재료로도 많이 쓰인다. 현악기의 울림통은 대부분 나무로 되어있는데 악기의 여왕이라 불리는 바이올린에도 나이테의 사연이 있다.

1700년대 전후로 유럽에서는 소(小) 빙하기라 불릴 만큼 몹시 추웠던 시기가 있었는데 이때 자란 나무는 극한의 고통을 견디기 위해 최소한의 에너지로 생존하면서 다른 시기에 비해 나이테가 훨씬 더 촘촘하고 목질은 단단해졌다.

이탈리아 출신의 바이올린 명장 스트라디바리는 이 시기에 알프스 지역에서 자란 가문비나무로 바이올린을 제작하였는데 그것이 잘 알려진 스트라디바리우스라는 명품이다.[33] 수십억 원에서 수백억 원을 호가하기도 한다.

나무의 나이는 위로 올라갈수록 한 살씩 줄어든다. 밑동의 나이테가 500살이라도 수내기는 올해 갓 태어난 신생아다. 과거와 현재가 이렇듯 조화된 생명체는 나무밖에 없을 것이다. 천년의 고목도 매년 새순을 내며 설렌다. 사람도 몸은 늙지만 마음으로는 끝없이 새순을 낼 수 있을까?

인간은 나이에 대해 많은 생각을 한다. 어릴 때는 빨리 어른이 되고 싶고, 늙으면 다시 젊어지고 싶다. 나이가 들면 주름도 생기고, 허리도 구부러지고 푸석해지면서 세월의 흔적을 지울 수 없다. 그래서 늙어가는 게 싫고 우울해진다. 100년 남짓 사는 인생도 그런데 나무는 수백에서 수천 년까지 살아도 변함없이 품위 있고 멋지다. 꿈꾸는 자는 늙지 않는 것일까?

사람들은 나이테에서 수레바퀴를 연상하여 연륜(年輪)이라 부르지만 나무의 생각은 어떨까? 늘 해를 그리워하고 해를 닮고 싶어 하는 나무는 해를 품고 싶다. 연일(年日)이 맞다. 오늘도 점 하나를 찍으며 해를 그린다.

단풍, 청정한 아름다움

　나무는 한 해에 세 번 꽃을 피운다. 이른 봄 가지 끝에서 연둣빛 새순으로 한 번 피고, 수정을 위한 사랑의 꽃으로 두 번 피고, 마지막은 뜨거운 단풍으로 핀다. 세 가지 꽃이 모두 아름답지만 전달되는 메시지는 사뭇 다르다.

　탱글탱글한 새순은 벅찬 설렘이 있고, 화려하고 향기 나는 꽃은 농염함이 묻어나고, 이별의 시간을 알리는 단풍은 뭉클함이 있다.

　단풍은 나뭇잎이 토해내는 절규다. 여름 내내 침묵하고 헌신했던 잎이 자신의 역할을 충실히 마치고 떠나기 전 저녁노을처럼 빛나는 것이다. 치열했던 삶에 대한 내면의 고백이며 다가올 혹독한 겨울을 잘 견디라는 절절한 당부다.

　서늘해지는 가을이 오면 나무는 월동 준비를 한다. 수분이 많은 넓은 잎을 그대로 매달고 있으면 겨울에 얼어 버리기 때문에 떨궈내야 한다.

　나뭇가지와 잎자루 사이에 떨켜를 만들어 수분을 차단하면 광합성을 하던 초록색의 엽록소가 퇴화하면서 잎 속에 남아있던 붉은색 계통의 안토시아닌과 노란색 계통의 카로티노이드 성분에 따라 다양한 색깔로 물든다. 이별 준비다.

단풍의 색깔은 날씨의 영향을 받는다. 똑같은 날씨가 하루도 없듯 단풍도 해마다 색깔이 다르고 물드는 시기도 차이가 난다. 특히 기온이 갑자기 뚝 떨어져 일교차가 크거나 가뭄이 심한 해는 더 선명한 색으로 물든다고 한다.[34]

단풍의 색깔이 아무리 화려해도 떨어져 시간이 흐르면 갈색으로 변하고 본래 왔던 흙으로 돌아간다. 그리고 또 다른 생명으로 부활한다. 나무는 말이 없지만 언제나 잔잔한 깨달음을 전해준다.

내가 산책하러 다니는 뒷산에도 가을이면 색의 향연이 펼쳐진다. 아카시나무, 싸리나무, 생강나무는 노란색 계통으로 물들고, 단풍나무, 붉나무는 붉은색 계통이 많다. 신갈나무, 굴참나무 등 참나무 종류는 한여름의 짙은 녹색이 조금씩 탈색되면서 연두색, 노란색 순으로 변하고 최종적으로는 갈색이 된다. 산자락에 식목 된 왕벚나무는 잎 하나에도 주홍색, 주황색, 노란색, 갈색 등 다양한 색깔이 혼재하고 듬성듬성 검버섯도 있다.

언제나 한 가지 색으로 순수하고 깨끗하게 물드는 나뭇잎도 있다. 늦가을이면 춘천 시내에는 가로수로 심은 은행잎으로 온통 노랗게 물든다. 샛노란 은행잎은 이른 봄 개나리 못지않게 환하고, 빨갛게 물든 단풍잎은 장미만큼이나 화려하다. 꽃은 가까이서 볼 때만 그 자태를 뽐낼 수 있지만 단풍은 멀리서도 산 전체를 통째로 물들인다. 만산홍엽을 이룬다.

때로 유명 관광지에 단풍 구경을 갔다가 주차난과 인파에 휩쓸려 제대로 감상을 못 하고 돌아와서, 아파트 정원이나 뒷산에서 곱게 물든 단풍을 보며 탄식하기도 한다. 아름다운 것들은 늘 곁에 있지만 무심할 때가 많다. 신발이 닳도록 밖에서 찾아 헤맸던 것들이 어느 날 문득 내 안에 있음을 깨닫기도 한다.

나무처럼 변화무쌍한 생명체도 없다. 사계절 쉬지 않고 그 모습을 바꾸면서 날씨에 적응하고 주변의 생물들과 소통한다. 특히 나뭇잎은 변화의 주역이며 그 절정이 단풍이다. 버려야 새로운 것을 만들 수 있다는 깨우침이다.

단풍은 나뭇잎의 일생 중 가장 늙고 지치고 힘들 때다. 곱고 아름답게 보이지만 그 이면은 나무만이 겪어야 하는 고통의 몸부림일 수 있다.

박종숙의 수필 선집 「아름다운 것에는 눈물이 있다」에는 이런 글귀가 있다. "철이 들면서 나는 비로소 아름다움 뒤에는 고통을 수반한 눈물이 내재해 있다는 것을 알았다. 어느 것에도 집착하지 않는 아름다움은 모든 것을 버리고 났을 때 이룰 수 있는 청정의 단계에 있다."[35]

단풍은 나무가 도달한 청정의 단계일까?

낙엽, 내려놓음의 미학

나뭇잎은 이제 떠날 시간이다.

동녘을 밝힌 해가 한낮을 지나 서쪽 하늘을 붉게 물들이듯 나뭇잎도 지나온 계절을 반추하며 형형색색으로 빛났다. 이제 삶의 흔적을 미련 없이 벗어던지고 해방될 시간이다. 낙엽은 바람에 몸을 맡긴 채 맘껏 춤추며 신나는 비행으로 생을 마감한다. 일생에 딱 한 번 자유를 만끽하는 순간이다.

꽃이 농염한 유혹이고 단풍이 내면의 고백이라면 낙엽은 내려놓음의 철학이다. 가벼운 듯 날리지만 낙엽에도 그만큼의 무게가 있다.

모든 나무가 낙엽을 떨군다. 늘 녹색으로 보이는 상록수도 나뭇잎이 순차적으로 떨어지고 계속 새잎이 나오면서 늘 초록의 나무처럼 보일 뿐이다.

낙엽수는 봄부터 가을까지 열심히 일하고 겨울에는 일제히 잎을 떨구고 겨울잠을 자는 전략을 선택했고, 상록수는 겨울에도 광합성작용을 할 수 있도록 잎 속에 부동액인 기름 성분을 만들어 얼지 않게 했다. 어느 경우든 오랜 경험을 통해 자신에게 유리하고 경제적인 방향으로 진화했을 것이다.

낙엽은 숲의 생태계에 중요한 역할을 한다. 하늘을 가렸던 잎이 떨어지면 그 공간으로 햇빛이 지면까지 비추면서 많은 생물에게 좋은 기회가 된다. 또한 바닥에 쌓인 나뭇잎은 떨어진 열매가 얼지 않게 단열재 역할을 하여 이듬해 새싹을 틔울 수 있도록 도와준다.

나뭇잎도 환경에 따라 전혀 다른 운명을 맞는다. 도시의 가로수 잎은 살아있을 때는 자동차 매연과 소음에 시달리고 낙엽이 되면 거리에 뒹굴다 밟히고 빗물에 쓸려 하수구에 처박히며 천덕구니 신세가 된다. 대개는 한군데 모아져 소각장으로 가거나 매립장에 묻히면서 생을 마감한다.

나무든 사람이든 태어나는 환경을 스스로 결정할 수는 없다. 다만, 사람은 주어진 환경을 극복할 수 있지만 나무는 한 번 정착하면 운명이 된다.

낙엽을 밟으면 왠지 마음이 자유롭지 못한 것은 한때 곱게 물들었던 추억 때문만은 아닐 것이다. '내려놓음'에 대한 감정이입이 있다.

내려놓는다는 의미의 불교 용어 중에 '방하착'이란 말이 있다. "내려놓아라!", "버려라!" 등으로 번역되는데 옛날 중국 선승인 조주 스님의 선문답에서 전해진 것으로 알려져 있다.

어느 날 멀리서 찾아온 수행자가 선승께 깨달음에 대해 질문을 했고 조주 스님께서 "방하착(放下著)"이라 답했다. 수행자가 "한 물건도 가지고 오지 않는데 무엇을 내려놓으란 말입니까?"라고 다시 묻자 그러면 "(도로)짊어지고 가시게(着得去)"라고 한데서 퍼진 말이다. 훗날 수행자에게 "한 물건도 가진 것이 없다."는 그 생각조차도 내려놓으라

는 화두가 되었다.[36)]

선문답은 언어 이전의 언어로 나 같은 중생이 도달하기에는 어림도 없다. 그러나 생사를 초월한 나무가 내려놓는 '낙엽' 정도라면 '방하착'이란 용어를 붙여도 무방하지 않을까?

일상을 돌아보면 거추장스러운 것들을 버리지 못한 채 떠안고 산다. 생각은 밖을 향해 있고 번뇌 망상으로 스스로를 괴롭히며 한순간도 자유롭지 못하다.

우승순의 수필집 「물을 닮고 싶은 물고기」에는 단풍과 낙엽을 인생에 비유한 구절이 나온다. "나무는 화려하게 물들 때 탁 놓아 버리지만, 인생은 내려놓을 때 아름답게 물든다."[37)] 나는 언제쯤 곱게 물들 수 있을까?

나무는 평생 잎을 만들고 떨어뜨리기를 반복한다. 한때는 자신의 얼굴이었던 잎이 낙엽이 되어 밟힐 때 나무는 어떤 심정일까? "낙엽을 밟으면 영혼처럼 운다."는 레미 드 구르몽의 표현이 참 멋지다.

잎이 떠난 빈자리는 황량하다. 나무는 벌거숭이가 되고 빽빽했던 숲도 헐렁해진다. 횡한 공간으로 겨울바람이라도 부는 날이면 앙상한 가지는 여름 내내 살갑고 수고롭던 잎이 더욱 그리워진다. "있을 때 더 잘해줄걸!" 고맙고 미안한 마음에 "윙윙" 울지만 가지 끝의 새순은 어디쯤 오고 있을 봄을 기다린다.

종이, 나무의 살신성인

종이는 인류의 위대한 발명품이다.

머릿속의 생각을 종이에 기록하여 저장할 수 있다는 것은 얼마나 매력적이고 다행한 일인가. 종이의 발명으로 인류는 이전과는 비교가 안될 만큼 지적 능력이 향상되었다. 또한 인쇄술의 발달은 과학, 철학, 역사, 문학 등 지식의 대중화에 획기적인 역할을 해왔고 다양한 문화의 발전을 가져왔다.

종이는 서기 105년 중국의 채륜이라는 사람이 나무껍질 등을 원료로 발명했다고 전해진다. 종이가 발명되기 전에는 대개 목간이나 죽간에 문자를 기록했는데, 요즘의 종이책 한 권 분량을 쓰려면 많은 양의 나무가 사용되었을 것이다. 독서를 권장하는 말 중에 남아수독오거서(男兒須讀五車書)란 표현이 있는데 요즘 책으로 환산하면 100권 정도면 죽간으로 다섯 수레가 훨씬 넘지 않았을까 추측해 본다.

예전엔 종이도 귀했다. 내가 중고등학교를 다녔던 1970년대엔 영어 단어를 암기하거나 수학 문제를 풀려면 누런 종이로 만든 연습장에 처음엔 연필로 쓰고, 다 쓰고 나면 그 위에 다시 볼펜으로 쓰며 종이를 아꼈던 기억이 난다.

학년이 바뀌면 공책 중에 쓰고 남은 빈 페이지를 뜯어내어 따로 묶어서 연습장으로 재활용했고, 새 학년이 되어 책을 받으면 다 쓴 달력으로 새 책의 겉표지를 만들어 애지중지 관리했다. 종이책은 더없이 귀하고 소중했다.

시골에서 종이상자는 아주 요긴해서 갈무리한 농작물을 담아두고 오래오래 재사용했다. 신문지도 벽이나 방바닥에 도배지 대신 붙였고 시장에서는 각종 포장지로 재이용되었으며 못 쓰게 된 종이는 불쏘시개로 사용했다. 종이는 가정에서부터 알뜰하게 재활용되었고 쓰레기로 버려지는 경우는 거의 없었다.

요즘은 종이가 지천이다. 아파트의 쓰레기 집하장에 가보면 다양한 형태의 크고 작은 종이상자, 각종 포장지와 종이봉투, 갓 출판된 책이나 잡지, 우유 팩 등 폐지가 산더미처럼 쌓여있고 전단지는 곳곳에 무차별적으로 살포되어 거리를 뒹군다.

종이는 나무를 베어서 만든다. 대부분 개발도상국에서 조달되며 그로 인해 원주민의 생활 터전과 야생동물의 서식지가 파괴된다.

지구의 동물 중 인간만이 숲을 갈아엎고 나무를 베어낸다. 나무는 땔감부터 건축자재나 가구 등 그 쓰임새가 다양하지만, 그중에서도 종이를 만드는데 가장 많은 양의 나무가 사용될 것으로 추측된다. 나무의 입장에선 인간의 종이 발명이 큰 재앙이 된 셈이다.

최진우의 책 「숲이라는 세계」에 보면 우리나라에서 연간 휴지를 만들기 위해 희생되는 나무만 500만 그루가 넘는다. 4인 가구에서 1년에 70미터짜리 두루마리 휴지 약 92롤 정도를 사용하는데 이는 30년생

나무 절반을 변기에 버리는 셈이라고 한다.[38] 지구촌으로 확대해 보면 하루에 변기로 버려지는 나무만 엄청난 양이 될 것이다.

황경택이 쓴 「나무 문답」에도 수령이 30년 정도 된 나무 한 그루에서 A4용지 약 10,000장이 나온다고 한다. 생산된 종이 중에 포장재로 쓰이는 경우가 60%로 가장 많고 책을 만드는데도 24% 정도 쓰인다고 한다.[39]

포장지는 갈수록 고급스러워지고 화려한 색깔로 장식되어 이중, 삼중으로 과대 포장한다. 고품질의 종이를 만들기 위해 코팅하고 아름다운 색깔로 화려하게 염색할수록 재활용이 어렵기 때문에 한 번 쓰고 버리게 된다.

요즘은 책도 넘쳐난다. 공공 도서관부터 마을 도서관까지 책이 넘쳐나서 보관과 처치가 곤란한 지경이다. 읽히지 않고 버려지는 책도 부지기수일 것이다. 내가 쓰는 글이 나무를 베어서 책을 만들 만큼 가치 있는 것인지 생각할 땐 등골이 서늘해지고 식은땀이 난다. 한 줄, 한 줄 혈서를 쓰듯 치열하게 써야 할 것이고 나아가 전자책의 활성화도 좋은 대안이 될 것이다.

나무의 희생을 생각할 때면 역설적으로 플라스틱이 떠올려진다. 포장지부터 가구 등 다양한 분야에서 플라스틱이 나무나 종이 제품을 대체하고 있다. 플라스틱 덕분에 수많은 나무가 목숨을 구한 것도 사실이다. 그러나 지구촌의 환경 문제 중 가장 심각한 것이 기후변화와 플라스틱 쓰레기다.

쉽게 썩지 않는 플라스틱 쓰레기를 줄이기 위해 이번엔 거꾸로 나무나 종이 제품의 사용을 권장한다. 이 얼마나 기막힌 아이러니인가? 나무를 베는 것은 환경 파괴가 아니던가? 인간들의 과소비가 빚은 모순은 곳곳에 있다.

플라스틱은 석유로 만든다. 석유라는 자원도 언젠가는 고갈될 것이기 때문에 플라스틱의 원료도 다른 것으로 대체할 수밖에 없다. 자연에서 쉽게 분해되면서 경제성을 갖춘 식물성 플라스틱이 하루빨리 개발되어 환경도 살리고 목숨을 구하는 나무도 훨씬 더 많아지길 기대해 본다.

종이는 나무의 살신성인이다. 나무를 통째로 자르고, 찢고, 삶고, 형광물질과 표백제가 투여되고, 용해하여 압착해야 비로소 종이로 태어난다. 그 종이로 인류는 엄청난 문화적 혜택을 누리고 있다. 종이에 문자를 기록하여 정보를 공유하고 지식을 넓히는 일이 나무에도 도움이 되었으면 좋겠다.

나無야 나無야

나무는 불교와도 인연이 깊다.

석가모니께서는 사라나무가 있는 룸비니 숲에서 태어나셨고 열반에 드신 곳도 사라나무 아래였다고 한다. 잘 알려진 바와 같이 진리의 깨달음을 얻으신 곳도 보리수나무 아래였다. 그런 까닭일까? 수도승이 아닌 일반인들도 '나무 아래 앉아서'라는 이미지만으로도 마음이 고요해지고 정신이 맑아진다.

사찰이 있는 곳은 대개 숲이 우거진 산속이다. 나무가 뿜어내는 맑은 생명의 기운이 수행 정진에 도움이 될 수 있다. 산사(山寺)라는 말만 들어도 속세를 떠난 느낌이 들고 사유수(思惟修)가 떠올려지는 것도 산에는 언제나 홀로 서서 참선(參禪)하는 나무가 있기 때문일 것이다.

나무는 한 번 정착한 곳에서 평생을 살고 그 자리에서 스스로 거름이 되어 또 다른 생명을 키운다. 자신이 서 있는 그곳에서 주인이 되고 그 자리가 곧 진리임을 밝힌다. 수처작주 입처개진(隨處作主立處皆眞)을 설파한다.

나무의 몸은 그 자체로 자비다. 잎을 갉아 먹는 애벌레, 몸속을 파고

드는 곤충이나 새, 밑동에 붙은 이끼, 줄기를 휘감는 넝쿨, 몸을 통째로 흔드는 동물 모두가 싫고 괴롭지만 불평하거나 원망하는 대신 조용히 품는다.

나무는 물과 공기와 햇빛만으로 산소와 탄수화물을 만들어 뭇 생명을 먹여 살리고 몸에 상처가 나면 수액을 흘려 곤충에게 보시한다. 수명이 다하면 자신의 몸뚱어리마저 아낌없이 내어주지만 베푼다는 생각조차 일으키지 않는 무주상보시(無住相布施)를 행한다.

나무는 사계절 다른 모습으로 무상(無常)과 무아(無我)를 보여준다. 이른 봄 새순을 시작으로 꽃, 열매, 단풍, 낙엽을 통해 모든 것은 유효기간이 있으며 영원히 변치 않고 항상(恒常) 하는 존재는 없다는 무상(無常)을 일깨운다. '이 세상에 변치 않는 것은 없다는 그 진리만 변치 않음'을 배운다.

또한 씨앗이라는 인(因)과 흙이라는 연(緣)을 통해 무아(無我)를 알려준다. 나무의 본질을 들여다보면 흙과 물과 햇빛과 공기의 다른 모습이다. 여러 가지 요소들이 상호작용을 통해 잠시 형상화되어 그 이름이 '나무'로 불릴 뿐, 인연이 다하면 다시 지수화풍(地水火風)으로 흩어진다. 공간에서 단독자로 홀로 존재하는 실체는 없다는 무아(無我)를 일깨운다. 만물은 그물처럼 연결되어 있으며 나무와 숲도 둘이 아닌 하나라는 불이(不二)를 배운다.

무상과 무아 그리고 불이(不二)를 통해 변화 속(必生必滅)에서 변치 않는 것(不生不滅)을 본다면 그것도 작은 깨달음일 것이다.

형형색색으로 물드는 단풍이 나무의 오도송(悟道頌)이라면, 낙엽은 내려놓는다는 생각조차 버리라는 방하착(放下著)이다. 달관에 이른 헌 잎이 마지막으로 잡은 손을 놓고 툭 떨어지는 것은 백척간두 진일보(百尺竿頭 進一步)다.

나무는 한 몸에 늘 삶과 죽음이 공존한다. 나이테가 있는 목질 부분은 이미 죽은 세포다. 연륜이 깊어질수록 살아 있는 몸보다 죽은 몸이 많아지면서 생사일여(生死一如)를 몸소 실천한다.

나무는 평생 묵언 수행과 참선을 하다가 그 자리에서 좌탈입망(坐脫立亡)한다. 복잡한 장례 절차도 필요 없고 명당자리나 봉분도 의미 없다.

나무는 언제나 머무는 바 없이 마음을 내며(應無所住而生其心) 무소의 뿔처럼 혼자서 간다. 수억 년을 그렇게 이어왔고 앞으로도 그렇게 오고 갈 것이다. 나무는 어쩌면 지구상에서 가장 먼저 생사를 해탈한 여래(如來)일지도 모른다. 나무는 오늘도 홀로 서서 금강경을 독송한다. "나無야! 나無야!"

제 **2** 부

숲에 들다

숲에서 나를 찾다

산책로 숲 관찰기

숲으로 떠나는 소리 소풍

숲은 나의 멘토다

숲속에 피는 땅꽃

숲의 향기 피톤치드

숲은 재활병원이다

녹색 심리학

초록에 대하여

숲에서 나를 찾다

숲에 가면 몸과 마음이 부활한다.

나무들이 모여 사는 숲은 다양한 생명의 에너지가 발산되어 몸에는 활력이 솟고 정신은 맑아진다. 힘들고 지칠 때 숲을 찾으면 재충전 된다.

인류는 원시시대부터 숲에서 태어나고 숲에서 생활해 왔기에 숲에 대한 본능적인 그리움이 있다. 이른바 '녹색 갈증'이다.

휴일이면 수많은 사람들이 산을 찾고, 도심에서는 숲이 있는 공원을 산책하며, 뜰에는 나무를 심어 가꾸고 아파트 베란다까지 녹색 식물을 키운다. 녹색 들판이나 숲이 우거진 사진만 봐도 기분이 좋아지고 편안해진다.

이런 현상을 에드워드 윌슨 교수는 '바이오필리아(biophilia)' 가설로 설명하는데 생명을 뜻하는 bio와 사랑의 의미가 담긴 philia를 조합한 용어로 인류의 유전자에는 자연에 대한 애착과 회귀본능이 있다는 것이다.[1]

도시의 삶은 긴장의 연속이다. 빠르고 복잡하고 경쟁해야 하는 일상이 반복되고 새로운 정보가 매순간 홍수처럼 쏟아져 나온다. 자고 일어나면 뭔가가 바뀌어 있고 예전엔 상상도 못 했던 일들이 다반사처럼 일어난다.

밥 먹을 때나, 길을 걸을 때나, 운전할 때도 머릿속은 쉼 없이 일과 관계에 집착하면서 마음은 지쳐간다. 시간을 다투며 쫓기듯 살다 보니 여유가 없다.

인터넷 검색이 조금만 느려도 짜증이 나고 운전석에 앉으면 파란불을 기다리는 단 몇 분의 신호대기도 지루하다. 앞차가 잠시 꾸물대면 경적을 울리고 싶다. 어쩌면 내 시간을 빼앗긴다는 박탈감 때문인지도 모르겠다. 그렇게 서둘러서 도착한 카페에서는 의미 없는 수다를 떨며 한두 시간도 훌쩍 지난다.

예전과 비교해 보면 모든 분야에서 엄청난 속도로 빨라졌는데도 점점 더 빠른 것을 찾게 된다. 속도감에 중독되어 가고 있다.

바쁠 '망(忙)' 자를 파자(波字)해 보면 마음을 잃어버린다는 '心亡'이다. 마음마저 잃어가며 뭘 얻으려고 그렇게 바쁘게 사는 것일까? 앞만 보고 달리다가 어느 날 문득 멈춰보면 '나' 가 없는 자기 상실의 삶을 살고 있다.

잘 쉬는 것도 잘 사는 방법이다. 진정한 휴식이 되려면 마음이 쉬어야 한다. 아무리 경치 좋고 멋진 곳에서 휴가를 보내도 마음이 분주하면 쉼이 없다.

휴식(休息)이란 한자를 풀어보면 '人木自心' 으로 '사람이 나무 아래서 자신의 마음을 들여다보는 것' 으로 해석해 볼 수 있다. 숲을 의미하는 영어 forrest도 분리하면 '휴식을 위하여' 란 뜻의 영어 'for rest'가 된다. 동서고금을 통해 휴식은 숲에서 마음을 들여다보고 욕심을 내려놓는 것이 아닌가 한다.

북미의 인디언들에게는 특별한 성인식이 있다고 한다. 아이가 자라 일정한 연령이 되면 숲속으로 홀로 보내 며칠 동안 금식하며 인생의 전환과 비전을 찾게 한다.[2] 어른이 되기 위한 통과의례로 편리하고 익숙한 것에서 잠시 벗어나 숲에서 자신의 내면을 들여다보고 새로운 삶의 방향을 찾는 것이다.

이를 응용하여 마음을 다스리거나 심리 치료를 하는 것을 비전 퀘스트(Vision Quest)라 하는데 요즘은 다양한 프로그램이 개발되어 있다. 바쁜 일상에서 한발 물러서 나를 관찰하는 여유를 가질 때 삶은 더욱 윤택해진다.

숲속을 산책하는 것은 즉시 실행할 수 있고 별도의 장비도 필요 없다. 언제나 쉽게 찾을 수 있는 나만의 장소가 있으면 더욱 좋을 것이다. 내 경우는 집에서 가까운 뒷동산이 제격이다. 숲에 가면 심호흡부터 한다. 가슴이 뻥 뚫리고 복잡했던 머릿속이 시원해지면서 그동안 자주 못 온 것을 후회하게 된다.

숲은 세심히 관찰하고 공감할 때 더 많은 에너지를 전해준다. 음식을 꼭꼭 씹어 맛을 음미하듯, 시나 글귀를 찬찬히 생각하여 그 뜻을 헤아려보듯, 숲에도 완미(玩味)가 필요하다. 같은 장소라도 마음이 편하면 잠자던 감성이 깨어나 늘 듣던 솔바람 소리나 새소리도 새로운 감각으로 다가온다.

아름답고 귀한 것들은 천천히 사는 데서 찾을 수 있다. 우리는 얼마나 상대의 마음을 아프게 하고 가족과 주변에 소홀히 하면서 바쁘게 살고 있는가? 소중한 것들은 언제나 가까이 있지만 못 알아보거나 무관심할 때가 많다.

숲에 가면 밖으로 향했던 마음이 안으로 돌려져 '보이고 싶은 나'에서 '있는 그대로의 나'로 다시 태어난다. '잃어버린 나'를 찾을 수 있다.

산책로 숲 관찰기

동네 뒷산도 하나의 생태 세계다.

내가 사는 아파트는 산자락과 가까운 곳에 있다. 거실에서도 산책로가 한눈에 들어오고 그 뒤로는 멀리 춘천의 진산인 대룡산이 우뚝 서서 능선을 길게 늘어뜨린다. 매일 아침 그 능선 너머로 찬란한 태양이 솟아오르고 사계절 옷을 갈아입는 산의 풍경을 즐길 수 있다.

산책로의 수목 구성 형태는 침엽수와 활엽수가 섞여 있는 혼효림이다. 침엽수로는 터줏대감인 소나무를 비롯해 잣나무와 리기다소나무가 있고 산자락엔 드문드문 전나무도 보인다. 소나무를 제외한 나머지 나무는 인공 조림된 것으로 추측된다. 밑동이 거칠고 두꺼운 소나무 껍질에 비해 리기다소나무는 원줄기에서 솔잎이 나와 쉽게 구분된다. 산책길 양쪽으로는 척박한 땅에서도 잘 자란다는 노간주나무가 2~3미터 정도 크기로 여기저기 눈에 띈다.

활엽수는 참나무 종류가 대부분이다. 신갈나무, 굴참나무, 상수리나무, 떡갈나무, 졸참나무, 갈참나무 등 여섯 종류가 있다고 하는데 내 능력으로 정확하게 구분하기는 어렵다. 다만 신갈나무와 떡갈나무는 잎이 넓고 두꺼운 반면 상수리나무와 굴참나무의 잎은 가늘고 긴 형태이므로 구분되고 굴참나무는 잎의 뒷면이 흰색이므로 상수리나무와 구분된다. 예전에 너와집의 지붕에 쓰였다는 굴참나무 껍질은 한눈에 봐도 아름답고 품위가 있다.

산책길 주변엔 밑동이 갈라진 참나무류가 유난히 많다. 두 갈래부터 네 갈래까지 갈라져 크고 굵게 자랐다. 그 까닭이 늘 궁금하지만 알 수 없다.

밤나무 과수원 가장자리에는 아카시나무가 아름드리로 자랐다. 예전에 울타리로 심었던 것으로 추정되는데 이곳저곳으로 퍼져 나가 뒷산 곳곳에 아카시나무가 자라고 있다. 5월 초순경에 산책하러 나가면 팝콘 같은 하얀 꽃을 주렁주렁 매달고 산 전체에 달콤한 향기를 흩날린다.

이 외에도 벚나무, 생강나무, 개옻나무, 버드나무 등이 있으며 드문드문 개암나무도 자라고 산복사, 물오리나무, 붉나무, 은사시나무도 있다. 비탈진 밭 가장자리에는 개나리를 비롯해 배, 살구, 복숭아, 앵두 같은 유실수도 자란다.

키 작은 떨기나무로는 진달래, 참싸리, 산초나무가 많고 이른 봄이면 산책로 곳곳에 노란 생강나무꽃과 연분홍 진달래가 지천으로 핀다. 계절마다 형형색색의 풀꽃이 피고 듬성듬성 나무 밑동과 그루터기에는 연둣빛 이끼가 보드랍게 둘러싸여 있다. 촉촉한 이끼는 한여름 산책길에 시원함을 더해준다.

뒷산의 동물 대장은 청설모다. 겨울잠을 자지 않는 청설모에게 먹이 경쟁에서 밀렸는지 아니면 서식 환경이 달라서인지 다람쥐는 한 번도 본 적이 없다. 월동을 위해 도토리나 밤을 옮겨놓는 청설모는 뒷산의 생태계를 풍성하게 유지하는 살림꾼이다. 예전에는 산책로 주변에서 유혈목이 같은 뱀이 관찰되곤 했지만 군데군데 산이 절개되고 도로가 뚫리면서 차츰 자취를 감췄다.

뒷산의 생태계도 갈수록 수난을 겪는다. 산등성이 곳곳에 철탑이 세워지고 긴 줄이 연결되어 자연과는 어울리지 않게 늘어져 있다. 그 덕분에 휴대전화로 다양한 기능을 빠른 속도로 이용하고 있으니 불평할 수도 없는 현실이다.

나무가 사는 공간도 점점 줄어들고 있다. 산자락 곳곳이 절개되어 건물이 들어섰고 그 과정에 수십, 수백 그루의 나무들이 잘리고 뽑혀 나갔다. 지금도 또 다른 곳에서 산자락을 깎아내고 터를 닦으며 공사 중이다. 공공의 개발이라면 어쩔 수 없겠지만 부디 상업용 건물이 아니기를 바랄 뿐이다.

내가 처음 산책을 시작한 30여 년 전에는 뒷산의 모든 능선이 하나로 연결되어 있었지만, 도시가 팽창하고 도로가 사통팔달로 연결되면서 산책로 중간이 3곳이나 절개되어 도로가 뚫렸다. 그 덕분에 교통은 원활해졌다.

산책로가 끊긴 곳엔 구름다리를 놓아 이쪽 산과 저쪽 산을 연결하여 사람들의 통행엔 큰 지장이 없다. 다만 새로 뚫린 도로에서 영문도 모른 채 차에 치여 죽은 청설모를 볼 때면 마음이 불편하다.

뒷산의 생태계를 확대해 보면 지구촌의 이야기가 된다. 과거와 비교해 엄청나게 잘 살고 편리해졌지만, 인간의 욕망은 브레이크가 없다. 지구촌의 한쪽에선 생존이 어려워 굶어 죽는 사람이 있지만, 다른 한쪽에선 충분하고 넘치는데도 더 고급스럽고 더 편리하고 더 빠른 것을 경쟁적으로 찾고 만든다.

욕망이 상업성에 편승하여 끝없이 확대 재생산되면서 지구가 심각하게 병들고 수많은 생명이 목숨을 잃거나 고통을 겪고 있다. 망가지는 것은 잠깐이지만 회복하는 데는 엄청난 노력과 돈과 시간이 소요된다. 절제하거나 멈추지 않으면 모든 재앙은 부메랑처럼 인간에게 닥칠 것이다.

숲으로 떠나는 소리 소풍

소리는 관계를 창조한다.

오늘은 2월 10일. 산책길에서 돌아오는 길에 어디선가 멧비둘기 소리가 들린다. "구구꾹꾹, 구구꾹꾹" 겨우내 까마귀 소리만 듣다가 색다른 새소리를 들으면 반갑고 들뜬다. 곧 봄이 온다는 신호다.

이른 봄에 들리는 새소리는 어딘가 다르다. 혹독한 겨울을 견뎌낸 안도감과 자부심과 희망이 들어있다. 겨울잠을 깨우는 그 소리에 숲속엔 활기가 솟고 미물들도 연둣빛 새순과 함께 기지개를 켠다.

10여 년 전 이었다. 귀울림이라는 이명이 생겨 대학병원 이비인후과를 방문한 적이 있었다. 여러 가지 청력검사를 했지만 특별한 시술이나 약 처방 없이 음악 CD를 한 장 받았는데 신기하게도 그 소리를 들으면 잠시나마 이명을 잊을 수 있었다. 내 귀에서 나는 소리와 비슷한 파장을 주파수 변조하여 새소리, 계곡 물소리, 아기 웃음소리, 음악 소리 등으로 바꾼 것이었다. 그 사실을 알고부터 자연의 소리에 귀 기울이게 되었고 나름의 소리 소풍을 시작했다.

숲속을 걷다 보면 어디선가 새소리가 들리지만 새는 보이지 않는다. 잠시 멈춰서 소리 나는 곳을 찬찬히 살펴보면 자그만 몸집으로 앙증스럽게 목청을 굴리는 모습을 볼 수 있다. 대개 몸집이 작은 새 일수록 그 소리가 더 청아하고 아름답다. 어떤 악기로도 흉내 낼 수 없는 생명의 소리다.

산책길에서 만나는 소리는 계절마다 다르다. "뻐꾹 뻐뻑꾹", "다방따방", "쪼롱 쪼로롱", "삐찌 삐찌", "맴 맴 맴", "찌르르 찌르르" "꿩꿩 꿩" "깍깍깍"등 다양한 악기가 연주되고, 듣다 보면 저절로 따라하게 된다.

내가 구분할 수 있는 새소리는 멧비둘기, 종달새, 뻐꾸기, 어치, 까치, 까마귀, 박새, 직박구리, 곤줄박이, 꿩 정도다.

가끔은 "두두두두"하는 이상한 소리가 들릴 때가 있는데 조심스럽게 찾아보면 딱따구리가 나무를 쪼는 소리다. 마치 드럼을 치는 소리 같다고 하여 드러밍(drumming)이라고도 하는데 구멍을 뚫어 집을 짓기도 하고 나무속에 들어있는 벌레를 찾는 먹이 활동일 수도 있다.

숲에는 새나 곤충 외에 나뭇잎 소리도 있다. 바람을 맞이하는 솔잎과 갈잎의 소리가 다르고 비가 오면 넓은 잎은 리듬에 맞춰 "타다닥 타다닥" 타악기가 된다. 봄부터 여름 내내 "살랑살랑" "쏴아쏴아" 하며 생기발랄하던 나뭇잎도 가을이 오면 푸석하게 목이 쉬어 "바스락 바스락" 탁한 소리를 낸다.

숲의 소리 풍경은 낮과 밤의 감흥에 차이가 있고, 맑은 날, 비 오는 날, 바람 부는 날의 선율이 다르며 봄, 여름, 가을, 겨울의 연주자도 바뀐다.

장마가 끝나면 본격적인 매미의 시간이 된다. 우렁찬 매미 소리에 다른 소리가 묻힌다. 뒷산에는 참매미가 대부분인 가운데 애매미가 10%쯤 섞여 운다.

애매미 소리는 글로 표현하기 어렵지만 참매미 소리는 음의 고저와 장단이 조화롭고 초·중·종장이 분명하여 시조 가락을 닮았다.

초장에 "맴 맴 맴" 하며 힘차게 울다가 중장에서 "매에~" 하며 한 옥타브 낮춘다. 초장과 중장을 몇 번 반복하다가 종장에서 "밈~~~" 하고 길게 끝맺을 때면 숲속의 나뭇잎들도 그 선율에 전율을 느껴 바르르 떤다.

살금살금 다가가 올려다보면 작고 통통한 배를 실룩실룩하며 애쓰는 모습이 안쓰럽기도 하고 한편으론 씩씩하고 대견하다.

가끔 공중을 날아가는 매미를 새가 먹잇감으로 낚아챌 때면 "꽥~" 하는 단말마와 함께 비명횡사하기도 하고, 새벽에 아파트 방충망에 붙어 "맴 맴 맴" 하며 단잠을 깨우기도 한다. 한여름 숲은 매미 소리로 시끌벅적 깊어간다.

매미 소리가 잦아들고 가을이 오면 풀벌레 소리가 드러난다. 울림통이 따로 없는 풀벌레는 날개나 다리를 비벼 소리를 내는데 글로 표현하기 어렵다. "찌르르", "또르르", "귀뚤귀뚤" 정도다. 자연의 소리 하나 제대로 표현하기 힘든 그 글 때문에 사람들은 웃고 울기도 한다.

11월 2일. 산책로엔 까마귀 소리가 부쩍 늘었다. 봄부터 가을까지는 띄엄띄엄 존재를 나타내지만, 늦가을부터 한겨울엔 뒷산의 소리 풍경을 지배한다. 까마귀 소리는 다른 새들에 비해 투박하고 둔탁하여 그다지 아름답지는 않지만, 편견을 버리고 듣다 보면 나름대로 정감 어린 의사소통을 한다.

이쪽 까마귀가 별일 없냐고 "까~악 까~악" 안부를 물으면 저쪽 숲에선 잘 있노라고 "꽈~악 꽈~악" 대답이 온다. 목청이 덜 트인 어린 까마귀가 "각 각"하며 짧게 흉내를 내면 노련한 어미 까마귀는 설측음인 'ㄹ'을 덧붙여 "까ㄹ악 까ㄹ악" 목청을 굴리며 보란 듯이 가르쳐 준다.

빽빽하던 숲이 헐렁해지고 그 사이로 찬바람이 몰아치면 앙상한 가지는 "윙윙" 현악기를 연주하며 봄을 기다린다.

도시는 소음에 노출된 삶이다. 어디를 가나 자동차. TV, 휴대전화, 확성기 등 기계 소음을 피할 수 없다. 더 힘든 것은 말소리다. 가장 듣고 싶은 것도 말소리고, 가장 듣기 싫은 것도 말소리다. 사랑과 감사의 말엔 마음이 따뜻해지지만 헐뜯는 소리, 시기하는 소리, 다투는 소리엔 상처받고 지친다.

숲으로 소리 소풍을 나가면 찌들고 오염되었던 귀가 세탁된다. 숲의 소리와 교감하면서 또 다른 관계가 형성되고 가슴엔 자연이 담긴다. 찬찬히 귀 기울여 보면 매일 듣는 소리에도 또 다른 소리가 숨어있다.

숲은 나의 멘토다

숲에는 말 없는 가르침이 있다.

인간 세상은 어디를 가나 감정이 얽히면서 사랑과 미움이 생기지만 숲에 들면 잠시 인연의 굴레에서 벗어나 홀가분한 자유를 누릴 수 있다.

숲이 편안한 것은 나에게 무관심하기 때문일지도 모른다. 비교나 경쟁이 필요 없고 소유하거나 통제할 수 없기에 비로소 즐길 수 있다.

숲에는 식물이 발산하는 물리적인 에너지 외에도 마음을 안정시키고 무의식을 자극하는 무엇인가가 있는 것 같다.

도시는 숲과 단절된 삶이다. 사방이 빽빽한 콘크리트 건물과 아스팔트로 뒤덮여 하루 종일 흙길 한 번 밟기 어렵다. 건물 안이든 밖이든 공기는 매캐하고 하늘은 미세먼지로 뿌연 날이 많으며 어디를 가나 소음 공해에 시달린다. 숨 쉬는 것, 보는 것, 듣는 것 어느 하나 상쾌한 것이 드물다.

도시 생활은 실내에서 보내는 시간도 많다. 집이나 사무실 외에 이동하는 동안에는 자동차의 공간에 갇힌다. 자동차는 이제 제2의 집이 되었다. 안락한 의자에 앉아 냉난방 온도조절과 음악을 들으며 내비게이션이 안내하는 대로 어디든 찾아갈 수 있으며 자율주행까지 가능한 시대다. 생활을 위해 어쩔 수 없이 콘크리트와 기계 속에 갇혀 살지만 숲을 자주 찾으면 건강에 좋다.

숲에는 맑고 싱싱한 공기와 고요함이 있다. 식물이 발산하는 생명의 에너지를 호흡하면 심리적 안정감을 찾고 몸과 마음이 정화되어 재충전 된다.

관계도 비만 시대다. 소셜 네트워크의 기능으로 인간관계가 사통팔달로 연결되면서 휴대전화의 각종 대화방 메시지를 며칠만 안 읽어도 쌓인 글이 웬만한 책 한 권 분량이다. 내용에 따라 호불호가 생기고 어쩔 수 없이 감정 노동이 따른다. 혼자 있으면 외롭고 같이 있으면 괴롭다는 말이 딱 맞을 때가 있다. 관심 없는 정보에 무차별적으로 노출되면서 지치고 피곤해진다. 마음이 밖을 향해 있으면 무엇을 채워도 허기를 느낄 수밖에 없고 자신이 만든 함정에 빠져 고단한 삶을 살게 된다.

숲에 가면 밖으로 향했던 마음을 안으로 돌릴 수 있다. 진정한 즐거움은 남이 만들어주는 것이 아니라 스스로 느끼는 것이다. 철 따라 피는 야생화와 풀벌레 이야기를 들으며 숲길을 산책하면 있는 그대로의 나로 충만해지고 바람이 볼을 스칠 땐 행복의 에너지가 차오른다. 집착했던 것들로부터 잠시 거리를 두면 그것이 꼭 필요한 것인지 돌아보게 된다. 마음의 중심을 회복할 수 있다.

정보도 넘쳐 난다. 자고 일어나면 세상이 바뀌고 매일 신제품이 쏟아져 나오면서 사소한 일상에도 배우고 익혀야 할 지식이 너무 많다. 유익한 정보도 있고 쓸데없는 정보도 있다. 혼자 느낄 땐 행복이라고 생각했던 것들이 다른 사람과 비교되면서 하찮은 것으로 바뀌고 때론 경쟁의 덫에 걸려 고단해지고 상처를 받기도 한다. 많은 것을 보고 들으면서 정신노동의 강도가 커진다.

숲은 경쟁 대신 휴식을 준다. 빠르고 현란한 세상에서 잠시 탈출하여 자연이 주는 느림에 동화될 수 있다. 번잡한 생각을 내려놓고 숲의 소리에 귀 기울이면 몸과 마음이 본래 자리를 찾는다. 이른 봄 연둣빛 새순과 연분홍 진달래에 마음이 밝아지고 한여름 짙은 녹색은 청춘인 듯 싱그럽다. 형형색색 물들었다가 미련 없이 내려놓는 단풍과 낙엽은 겸손을 보여준다. 하얀 눈이 덮여 적막에 휩싸인 숲에선 침묵 속에서 어떻게 성장해야 할지 배우게 된다.

숲에는 인위적인 것이 없어 편하다. 도시의 획일적인 직선은 긴장감을 주지만 숲의 자연스러운 곡선은 편안하고 다채로워 생동감이 넘친다.

숲은 마음의 양식을 주는 자연 도서관이다. 나무의 글, 바람의 글, 새들과 풀벌레가 쓴 글이 빼곡하고 행간에선 흙냄새와 피톤치드 향이 배어 나온다.

숲길을 꾸준히 걷다 보면 치유와 위안을 얻고 습관이나 성격도 바꿀 수 있다. 눈앞에만 급급했던 삶을 긴 안목으로 보게 되고 나를 성찰하게 해준다. 숲은 나의 오랜 친구이자 멘토다.

숲속에 피는 땅꽃

장마철 숲엔 예쁜 땅꽃이 핀다.

계절에 따라 숲이 주는 감정이 다르다. 봄에는 향이 좋고, 여름은 소리가 시원하고, 가을은 색깔에 물들고, 겨울은 고요하고 깨끗해서 좋다. 날씨에 따라서도 맑은 날은 햇빛에 반사되는 녹색 잎이 싱그럽고 바람 부는 날은 바늘잎이 현악 합주를 하고 비가 오면 넓은 잎이 타악기를 연주한다.

장마철은 나무의 바캉스 계절이다. 봄부터 새순을 만들고, 가지를 뻗고, 꽃을 피우느라 뿌리와 잎과 줄기 모두 정신없이 바빴다. 비가 올 땐 맑은 날에 비해 광합성 효율도 떨어질 테니 잠시 쉬어가는 것도 좋겠다. 더위도 식히고 물놀이도 하고 습지에 피는 땅꽃도 구경하며 쉬어가세!

오늘은 삼복더위가 시작되는 초복 다음 날이다. 며칠째 내리던 장맛비가 모처럼 뜸해진 아침이다. 산책을 못 나간 지 일주일 정도 지나면서 몸이 찌뿌둥하고 머리도 무거운 것 같아 오전 9시쯤 뒷산에 올랐다.

장마철 숲은 습하고 컴컴하지만, 비 그친 다음 "쨍"하고 해가 뜨면 숲은 목욕을 마친 아기처럼 탱탱하고 싱그럽다. 나뭇잎 사이로 쏟아지는 눈부신 햇살이 축축한 숲을 뽀송뽀송하게 말릴 작정인가 보다. 먼지를 씻어낸 잎은 숨구멍을 활짝 열고 산소를 "뿜뿜" 내뿜어 공기는 더욱 상쾌하다.

비 개인 숲은 시끌벅적한 시골 장터 같은 풍경이 펼쳐진다. 비를 피해 잎의 뒷면이나 나무껍질의 으슥한 곳에 숨어있던 벌레들이 축축한 몸을 말리려 스멀스멀 기어 나오고 참매미의 합창도 요란해진다. 새들은 이때를 놓칠세라 다리를 쭉 뻗어 기지개를 켜고 나뭇가지에 부리를 요리조리 문지르며 날을 세워 먹잇감을 노린다. 청설모도 이리 뛰고 저리 뛰며 줄기를 타고 땅을 오르내린다. 실개천이 생겨 물이 흐르는 곳도 있다.

비가 그친 숲은 색깔도 더욱 선명해진다. 물에 씻긴 잎은 윤기 나는 초록으로 짙어지고 줄기를 타고 흘러내린 빗물로 나무 밑동은 검은색을 띠며 물기 머금은 이끼는 싱그러운 연두색을 더한다.

장마철 비 그친 숲에는 땅꽃이 핀다. 대나무밭이 없는 우리 동네 뒷산은 우후죽순 대신 우후균류다. 여기저기 버섯이 쑥쑥 올라온다. 나무줄기에 뿌리를 박고 살기도 하고 주변의 땅에서 피어나기도 한다. 알록달록 다양한 버섯이 돋아나는데 대부분은 식용이 아니다. 독버섯이 훨씬 더 아름답다.

주황색이 빛나는 팬케이크를 닮은 버섯, 하얀 우산 모양의 광대버섯, 노란 망태버섯, 오밀조밀 돋아나는 이름 모를 갈색 버섯 등 수십 종류의 땅꽃이 사방에서 피어난다. 예전엔 산책로 입구 쪽에 식용 가능한 연보랏빛 가지 버섯의 군락지가 있었지만 산이 절개되고 건물이 들어 서면서 자취를 감췄다.

버섯은 균류의 일종이다. 엽록소가 없어 독립생활을 할 수 없는 균 류는 대개 식물과 공생관계를 이루며 산다. 균류와 나무뿌리가 서로 얽혀 공생 관계를 이루는 복합체를 균뿌리라 하는데 땅속에서 연결망 을 형성하여 상부상조한다.

캐나다의 식물학자 수잔 시마드의 책 「어머니 나무를 찾아서」에 보 면 광대버섯을 비롯한 수많은 종류의 버섯이 소나무, 참나무 종류, 가 문비나무, 자작나무 등 다양한 나무와 공생 관계를 형성한다는 것을 알 수 있다. 오랫동안 이 분야를 연구한 그녀는 특별한 나무하고만 관 계를 맺는 균뿌리도 있고 비가 내릴 때만 나타나는 진균이 따로 있다 는 것을 밝혀내기도 했다.[3]

뒷산은 주로 소나무와 참나무 종류가 자라는데 장마가 끝날 무렵이 면 버섯 천국이 된다. 지상에서는 어쩔 수 없이 햇빛 경쟁을 하겠지만 땅속에서는 균뿌리로 연결되어 서로 화해하고 숲의 평화를 유지하며 살아가길 바란다.

숲은 사계절 다양한 볼거리를 제공하지만, 잡생각이 많을 땐 몇 시 간을 산책하고도 무엇을 봤는지 기억하지 못할 때가 있다. 머릿속에 어떤 생각이 있는가에 따라 매사가 아름답게 보일 수도 있고 전혀 못 느낄 수도 있다.

장마철 숲속을 걷다 보면 예쁜 버섯을 누군가 발로 뭉갠 흔적을 보곤 한다. 독버섯에 대한 편견이 낳은 오만이다. 꽃이나 단풍은 모양과 색깔을 보고 아름다움을 평가하지만 유독 버섯만은 식용 여부로 판단하는 습관이 있다.

자연산 송이나 능이를 맛보고 나면 그 버섯에 대한 감정이 최고다. 만약 능이가 독버섯이었다면 검숭한 그 모양이 얼마나 흉측하겠는가?

아무리 예쁘게 생긴 버섯일지라도 독버섯이란 생각으로 보면 배신감과 공포감에 혐오스럽다. 그러나 어떤 버섯이든 나무에는 똑같이 소중한 균뿌리다. 편견은 또 다른 편견을 낳는다. 먹는다는 생각을 접으면 버섯은 정말 아름다운 땅꽃이다. 세상을 보는 안목도 그와 같을 것이다.

숲의 향기 피톤치드

숲에서는 생명의 에너지가 나온다.

자연 현상을 과학으로 밝혀내는 데는 한계가 있다. 숲에 가면 몸과 마음이 가벼워지고 기분이 상쾌해지는 이유도 과학으로 다 설명할 수 없다. 숲에는 식물뿐만 아니라 수많은 토양 미생물과 곤충이 호흡하고 있으며 생태계의 생존경쟁과 상호작용으로 다양한 이화학적 성분이 발산할 수 있다.

지구상에서 가장 많고 가장 오래 사는 생명체인 식물은 수억 년 동안 스스로 터득한 자신만의 노하우가 있을 것이다. 피톤치드는 그중 하나일 뿐이다.

숲속을 산책하면서 면역력을 높이고 건강에 도움을 받는 것을 산림욕이라 한다. 숲의 싱싱한 녹색은 눈의 피로를 풀어주고 심리적 안정감을 준다. 산소와 음이온 그리고 솔향으로 맡아지는 피톤치드는 호흡을 통해 몸에 생기를 불어넣고, 바람 소리, 풀벌레 소리, 새 소리 등은 청각을 자극하여 상쾌함을 더해준다.

박범진 교수가 쓴 「내 몸이 좋아하는 산림욕」에는 산림욕의 효과에 대해 상세하게 설명하고 있다. 그중 몇 가지를 요약해 보면 몸과 마음의 진정, 아토피 및 피부질환 억제, 항균 작용, 스트레스 완화, 면역력 강화, 악취제거 및 유해 물질 중화 등이다.[4]

산림욕은 육체적인 활력뿐만 아니라 정신 건강에도 좋다. 요즘은 단순히 숲속에 머무는 산림욕이나 휴양에서 한발 더 나아가 의료 기능을 접목하여 질병을 예방하고 치유하는 산림치유 형태로 발전하고 있다.

산림욕 물질에는 여러 가지가 있겠지만 대표적으로 알려진 것이 피톤치드다. 땅에 뿌리를 박고 사는 식물은 스스로 움직일 수 없기 때문에 곤충이나 병원균으로부터 자신을 보호하기 위해 각종 화학물질을 내뿜는다. 식물의 종류에 따라 다양한 성분을 발산하는데 이를 총칭하여 피톤치드라 부른다.

피톤치드(phytoncide)라는 용어는 그리스어로 식물이란 뜻의 phyton과 살균력을 의미하는 cide의 합성어다. 이 말을 처음 사용한 사람은 러시아의 토킹(Tokin) 교수라고 하는데 그는 마늘이나 양파, 소나무 등에서 나오는 냄새 나는 물질이 장티푸스, 이질, 결핵균 등을 죽인다는 사실을 발견하고 이런 물질을 통틀어 피톤치드라고 명명했다.[5]

피톤치드의 이화학적 성분은 휘발성이 있는 테르펜(terpene)류 계통의 유기화합물로 지금까지 알려진 것만 140여 종이 넘는다. 흔히 알고 있는 소나무나 잣나무 등에서 향기로 맡아지는 휘발성 피톤치드 성분도 있지만, 양귀비의 모르핀이나 커피나무의 카페인, 담배 식물의 니코틴 등과 같이 동물에게 환각 작용을 일으켜 자신을 보호하는 방어 물

질도 있고, 식품으로 개발된 허브, 후추, 고추냉이 등도 피톤치드의 일종이다. [6),7)]

피톤치드 성분은 주로 침엽수인 잣나무, 소나무, 전나무 등에서 발산되고 편백나무에서 특히 많이 나오지만 활엽수나 초본 식물에서도 생성된다.

식물이 내뿜는 이 독성 물질이 사람에게는 오히려 항균 작용, 진정 작용, 스트레스 완화 등 건강에 좋은 천연 물질로 알려지면서 식용이나 의학용으로 개발되고 있다. 숲을 가장 많이 파괴하는 동물이 인간인데 그런 인간들에게 건강에 좋은 물질을 발산한다니! 아이러니가 아닐 수 없다.

10여 년 전 현직에 있을 때 강원도의 몇몇 등산로와 관광지 주변의 피톤치드 성분을 조산한 적이 있었다. 예상했던 대로 소나무나 잣나무 군락지에서 피톤치드 발생량이 많았고 계절별로는 온도가 높고 생장이 왕성하여 주변 식물과의 경쟁이 치열한 여름철의 피톤치드 농도가 높았다. [8)]

휘발성 물질인 피톤치드는 바람의 영향을 많이 받는다. 똑같은 양의 피톤치드가 발생하더라도 바람이 사방으로 흩어지는 산 정상이나 바닷가는 높은 농도를 유지하기 어렵다. 따라서 공기의 흐름이 정체되는 계곡이나 산 아래쪽의 피톤치드 농도가 높다. 동네 뒷산이나 공원을 산책하는 것도 좋다.

간혹 소나무나 잣나무 숲에 가지치기했거나 솎아내기로 드문드문 베어내기를 한곳에 가면 진한 송진 냄새를 맡을 수 있는데 이 역시 피톤치드 향이다. 상처 난 곳에 세균의 침입을 막기 위한 나무의 몸부림이다.

식물은 지구상에서 가장 귀한 존재다. 생명의 원천인 산소를 생산하고 지구촌 대부분의 동물을 먹여 살리는 어머니 같은 존재다. 또한 인간들이 마구 내뿜는 이산화탄소를 흡수하여 기후위기를 예방해 주고 건강 물질을 발산하여 이로움을 준다. 그러나 숲을 가장 많이 망가뜨리는 동물이 바로 인간이다.

지구의 주인은 본래부터 식물이었다. 생물의 생체량인 바이오매스로 평가할 때 지구 전체에서 식물이 차지하는 비율이 82%로 가장 많고 그다음이 박테리아로 13%다. 80억 명의 인간은 고작 0.01%에 불과하다.[9]

잠시 왔다가는 극소수의 손님이 지구를 통째로 쥐락펴락하고 있다. 인간들은 스스로를 '만물의 영장'이라 일컫는데 어떤 의미인가? 늘 궁금한 부분이다.

숲은 재활병원이다

인간의 몸도 자연의 일부다.

숲에 가면 몸에 활력이 솟고 마음이 편안해지는 이유다. 숲이 육체 뿐만 아니라 정신건강에도 효능이 있음이 알려지면서 숲을 활용한 다양한 치유 프로그램이 시도되고 있다. 예전에는 숲 치료의 대상이 아토피 같은 환경성 질환이 대부분이었으나 요즘은 스트레스, 우울증 등 심리적 요인에 대한 보조 치료나 면역력 증강과 정서 함양을 통해 각종 질병을 예방하는데 활용하고 있다.

숲 태교부터 숲속 유치원, 학교 숲, 산림 레포츠, 휴양과 요양 등 생애 주기별로 제공되는 다양한 산림 복지 프로그램도 개발되고 있다.

가끔 모 방송사에서 진행하는 소위 '자연인'이라는 TV 프로그램을 보곤 한다. 감정을 자극하는 내용도 없고 배경이 숲이 울창한 산속이라 더욱 좋다.

심산궁곡의 아름다운 자연환경과 여유로운 시간의 흐름 속에서 시청자도 편안함을 느끼고 단순하고 소박한 일상은 해방감을 준다.

꽃 피는 봄에는 텃밭에 씨 뿌리고 산나물도 캐고, 여름엔 계곡물에서 미역도 감고 다슬기도 잡고, 가을엔 머루랑 다래랑 버섯도 맛본다.

그들이 도시 생활을 청산하고 산속을 찾은 이유는 각양각색이다. 평소 꿈꿔 왔던 전원생활을 은퇴 후에 실행한 경우도 있고, 아름다운 자연 경관에 매료되어 정착했거나 피치 못할 사정으로 입산한 경우도 있다.

가장 많은 사연은 복잡한 인간관계와 바쁜 도시 생활로 앞만 보고 달리다가 몸과 마음이 고장 나서 산을 찾은 경우다. 돈만 좇다가 가족에게 상처를 주고 이혼한 경우도 있고 돈 문제로 동료에게 배신당했거나 건강을 잃고 지푸라기라도 잡는 심정으로 산을 찾은 경우도 있다.

혼자 사는 산속 생활은 많이 움직여야 한다. 끼니마다 불을 피우고 조리를 해야 하고 빨래도 손수 해야 하며 시장에 자주 갈 수 없으니 텃밭도 가꾸어야 한다. 여름엔 모기와 벌레가 득실대고 엄동설한엔 무릎까지 쌓인 눈을 치워야 한다. 밤이면 적막강산으로 외롭지만 지친 몸은 쉽게 곯아떨어진다. 밤새 뒤척이던 불면증도 시간이 지나면 저절로 치료될 것 같다.

그렇듯 불편하고 힘든 생활이지만 어쩌다 도시에 있는 아내나 자식의 집을 찾으면 "하루만 지나도 답답하고 숨이 막힐 것 같아 곧바로 돌아옵니다."라고 말한다. 그들은 이구동성으로 "산에 들어와서 몸과 마음의 건강을 회복했습니다."라고 한다. 산에는 어떤 비밀이 있는 것일까?

숲에서 건강을 회복한 데는 여러 가지 요소가 복합적으로 작용했을 것이다. 우선 산속 생활은 많이 움직여야 하므로 신체가 단련된다. 그들의 몸을 보면 팔, 다리, 가슴 등이 모두 근육질이다. 헬스 운동으로 생긴 굵은 근육이 아니고 생활 속에서 만들어진 자잘한 근육들이 몸 곳곳에 배어있다.

또한 산속 생활은 외롭고 쓸쓸하고 도시보다 관심을 덜 받겠지만 오히려 그것이 비교와 관계에서 멀어져 스트레스나 걱정에서 벗어날 수도 있다.

물리적인 건강 인자도 많다. 오감을 열어주는 아름다운 풍경, 맑은 공기, 자연의 소리, 자연산 먹거리 등이 풍부하다. 피톤치드와 더불어 숲의 건강 물질 중 빼놓을 수 없는 것이 음이온이다. 도시 생활은 양이온에 노출된 삶이며 스트레스를 받으면 몸속의 양이온이 증가한다고 한다. 숲속의 음이온 농도는 도시의 거리보다 10배 정도 많다는 연구 결과도 있다.[10]

숲속은 산소도 풍부하다. 공기의 구성은 부피 비율로 질소가 78%, 산소가 20% 내외다. 그러나 이 비율은 어디까지나 평균적인 수치다. 복잡한 도심지나 환기가 안 되는 실내에선 산소 농도가 이보다 낮을 수 있지만 광합성 작용이 활발한 숲속은 더 높을 수 있다. 호흡기 환자들에게 숲의 맑은 공기가 권장되는 이유이며 도심이나 실내보다 상쾌하게 느껴지는 까닭이다.

더 중요한 것은 자연은 시시각각 변한다는 사실이다. 도시의 콘크리트나 유리는 생명이 없고 늘 같은 모습이지만 숲의 생태계는 매 순간 숨 쉬고 활동한다. 겉으로는 조용해 보이지만 숲에는 수많은 생물의 상호작용으로 에너지가 넘치고 내 몸과 교감 되면서 건강에 도움을 줄 수 있다. 숲속을 자주 걸으면 면역력이 향상되어 항암효과가 있다는 주장도 있다.[11]

자연인은 오랜 산속 생활로 허약했던 몸이 건강을 되찾고 잘못된 습관이나 어리석었던 생각들도 차츰 제자리를 잡는다. 숲이 재활병원 역할을 한 것이다. 이런 효과는 자신도 모르게 서서히 진행되며 상당한 시간이 걸릴 수도 있다.

누구나 숲이 울창한 산속에서 자연인처럼 살 수는 없다. 비록 복잡하고 시끄럽고 불쾌한 도시지만 관계가 얽히고설킨 인간의 숲이고 삶의 터전이다. 다만, 가까운 곳에 나만의 숲을 정해놓고 자주 찾아 몸과 마음을 정화할 수 있다. 숲에는 분명 상상하는 것 이상의 신비로운 뭔가가 있는 것 같다.

녹색 심리학

녹색은 숲의 색이다.

싱싱한 숲의 녹색은 상쾌함과 건강한 느낌을 주고 시각적으로 편안하다. 몸과 마음이 지친 사람들에게 안정과 휴식을 주는 대표적인 색이다. 혹독한 겨울을 견뎌내고 봄에 새싹을 틔우고 무성하게 자라는 초목의 모습에서 건강, 생동감, 번영, 성장, 희망 등을 느낄 수 있다.

사람의 감각은 동시에 작동된다. 눈으로 색을 보는 순간 미각, 후각, 청각, 촉각 등 신체 반응이 일어나고 그로 인해 아름다움, 상쾌함, 따뜻함, 차가움, 안정감, 공포감 등 다양한 감정이 생긴다. 이러한 감각은 인간의 유전자와 각자의 경험에 따른 뇌 속의 인지기능에 의해 일어나는 심리적 반응이다.

이렇듯 색상이 갖는 고유한 성질과 그에 대한 심리적 반응을 연구하는 학문을 색채 심리학이라 한다. 녹색은 어떤 심리적 반응을 줄까?

상담 심리학자인 오승진 교수의 책 「색채 심리」에 보면 녹색의 긍정적인 면과 부정적인 면을 설명한다. "녹색은 감정을 진정시켜 올바른 판단을 도와주며 안전, 나눔, 관용, 협력, 평화 등을 나타내기도 하지만, 녹색이 방관적으로 흐르면 무관심, 미성숙, 의심, 질투, 편견 등의

속성을 보일 수 있다"고 한다.[12]

색깔이 주는 심리적 반응은 때로 임의적일 수 있다. 살고 있는 환경이나 개인적인 경험, 나이, 성격 등에 따라 다르고 장소, 시간, 문화 등에 따라서도 차이가 날 수 있다. 사막에 사는 사람이나 북극의 에스키모에게 녹색은 희망이 함축된 생명의 색이고 낙원의 색일 것이다. 그러나 아마존 숲의 원주민에게는 너무 흔하여 무감각한 색일 수 있다.

색은 빛에서 나왔고 소리와 소통한다. 빛의 파장이 빨, 주, 노, 초, 파, 남, 보의 무지개 스펙트럼을 만들 듯, 소리도 파장으로 전달되며 도, 레, 미, 파, 솔, 라, 시, 도의 음계가 있다. 사람에게는 희, 노, 애, 낙, 애, 오, 욕의 감정 파노라마가 있어 색과 소리의 상호 관계가 심리적으로 묘하게 연결된다.

색을 보고 작곡을 하고 음악을 듣고 그림을 그리는 것을 공감각이라 한다. 독일의 색채 심리학자인 악셀 뷔터 교수가 쓴 「색, 빛의 언어」에는 공감각의 화가 칸딘스키가 악기와 색을 연결한 대목이 나온다. 연한 파랑은 플루트, 짙은 남색은 첼로, 노랑은 트럼펫, 빨강은 팡파르, 녹색은 바이올린 그리고 회색은 소리가 없다고 했다.[13] 녹색을 왜 바이올린에 비유했을까?

'해바라기'를 그린 반 고흐가 노란색을 선호했다면 녹색을 즐겨 사용한 화가는 폴 세잔이다. 그는 녹색 배경의 '생 빅투아르 산'을 수십 점이나 그렸다.

미국의 국민 화가로 불리는 안나 모제스도 녹색의 나무와 숲을 즐겨 그렸다. 일명 모제스 할머니로 불렸던 그녀는 76세에 그림을 시작해서 101세로 세상을 떠날 때까지 많은 작품을 남겼다. 그녀가 그린 녹색의 평범한 일상과 고향의 풍경은 위로와 편안함을 준다.

색은 미각에도 영향을 준다. 녹색은 산소를 뿜어내는 숲의 색이기 때문에 일단 건강한 느낌을 준다. 싱싱한 녹색 채소는 비타민이 연상되고 자연식품이라는 느낌을 준다. 그러나 색채 심리에서는 적색과 황색이 단맛을 나타내고 녹색은 의외로 신맛이나 쓴맛의 느낌을 준다고 한다.[14]

우리나라 애주가들에게 녹색 하면 얼핏 떠오르는 술병이 있다. 술을 즐기지 않는 사람은 녹색을 쓴맛으로 느끼겠지만 술을 좋아하는 사람은 단맛으로 느끼지 않을까? 그 녹색 술병을 처음 디자인할 때 혹시 강원도의 산을 염두에 둔 것은 아니었는지 궁금하다. 녹색은 음식과도 잘 어울리는 색이다.

프랑스의 술 압생트는 도수가 높은 녹색 술인데 고흐, 피카소, 보들레르, 랭보 등 많은 예술가가 즐겼다고 한다. 내가 마셨던 압생트는 녹색의 숲에서 맡아지는 상큼한 피톤치드 향이 났던 것으로 기억한다.

도시의 거리는 녹색을 기다리는 공간이다. 운전을 하거나 횡단보도를 건널 때마다 경고와 금지를 상징하는 빨간색 신호등이 어서 빨리 안전과 진행을 나타내는 녹색으로 바뀌기를 기다린다. 긴급할 때 탈출하도록 안내하는 비상구도 녹색이다. 밝은 곳에서는 빨간색이 잘 보이지만 어두운 곳에서는 녹색이 눈에 잘 띄고 안전과 구급의 이미지도 담겨 있다.

녹색은 시력에 편안한 느낌을 주기도 하지만 선명한 녹색은 정신을 집중하는 데 효과가 있어 외과 의사의 가운이나 사무실의 책상, 당구대, 카지노의 테이블 등에 깔기도 한다.[15]

녹색은 이제 삶의 질에 중요한 색이 되었다. 생활 주변에 숲길이나 공원 같은 녹색 공간이 많을수록 심리적 안정감과 활력이 생긴다. 숲이 몸의 면역력을 높이고 안정감을 주어 스트레스 해소에 도움을 준다고 알려지면서 녹색에 대한 관심과 수요가 증가하고 있다.

강원도에서 태어나고 자란 나는 어려서부터 사방이 녹색으로 둘러싸인 산골에서 자랐다. 건강하고 소박한 시골의 일상은 늘 녹색이 배경이었고 생활이었다. 나에게 녹색은 동심이고 고향이며 나를 키워준 어머니의 색이다.

초록에 대하여

초록은 색의 고향이다.

육지에서 생명체가 만든 최초의 색도 식물의 엽록소인 초록색이었을 것이다. 꽃의 색깔도 처음엔 모두 초록색이었다가 곤충을 유혹하기 위해 다양한 색깔로 진화했을 것으로 추정되고 에덴동산도 울창한 초록 숲이었을 것이다.

인류의 유전자 속에 새겨진 색의 고향도 초록이며 시각을 발전시킨 색도 초록이다. 초록은 인간의 삶에 많은 영향과 영감을 주었다.

초록은 균형과 조화의 색이다. 가시광선의 스펙트럼에서 중앙에 위치하며 감각적으로도 적색이 따뜻한 색, 남색이 차가운 색이라면 초록은 그 중간색으로 분류된다. 명도에 따른 무게감도 흑과 백의 중간 정도고, 부드럽거나 딱딱한 정도를 나타내는 촉감도 가운데쯤이다. 지평선을 기준으로 볼 때 하늘이 파란색이고 땅이 갈색이라면 그 중간에 위치한 숲이 바로 초록이다.

노랑과 파랑을 섞은 초록은 그 계통이 노랑에서 연두, 초록, 청록, 파랑으로 이어지는데 세분하면 노르스름한 연두부터 연한 연두, 연두, 연녹색, 담녹색, 회녹색, 황록색, 청록색, 진녹색, 암녹색 등 명도나 채도에 따라 수없이 많은 초록의 톤(tone)이 파생된다.

생명이 있는 자연은 시절 인연에 따라 다양한 초록의 스펙트럼을 만든다. 마른 가지 끝에 부풀어 오르는 연두는 가슴을 뛰게 하는 생명의 색이다. 한여름이 되면 혈기 왕성한 짙은 초록으로 반짝이다가 가을이 되면 서서히 탈색되면서 온갖 색깔로 물들다 소멸한다.

색의 스펙트럼을 넓고 세밀하게 펼치면 그 경계가 모호해진다. 초록의 양옆에 있는 노랑과 파랑의 경계도 그렇다. 색마다 고유한 이름이 있지만 유독 초록은 파란색이나 푸른색과의 경계가 모호해진다.

하늘과 산과 바다의 색은 분명하게 다른데 푸른 하늘, 푸른 바다, 푸른 산으로 모두 같은 색으로 표현한다. 글이나 말로는 똑같이 푸른색으로 표현하지만 머릿속으로는 다른 색을 떠올리는데도 전혀 이상하지 않고 자연스럽다.

나뭇잎은 초록색인데 푸른 소나무라 하고 울창하면 푸른 숲이라 한다. 초록을 아예 파란색으로 부르기도 한다. 신호등의 초록불을 파란불이라 하고 연두색 새싹을 파란 싹이라 한다. 어린이 동요 중에도 "미나리 파란 싹이 돋아났어요."란 구절이 있다. 이렇듯 초록색과 파란색이 혼용된 것은 한자 문화에서 기인된 것이 아닐까 추측해 본다.

수풀은 녹(綠)색인데 청초(靑草)라 하고, 녹색 과일은 청과(靑果), 녹색 산은 청산(靑山)이라 한다. 표현은 '푸른'으로 하지만 이미지는 '초록'을 떠올린다. 심지어 초록(草綠)이란 말의 한자 풀이에서도 '풀' 초(草)와 '푸를' 록(綠) 자로 해석한다. 그렇다면 청춘(靑春)은 초록일까? 파랑일까?

오래전부터 익숙해진 '푸른'이란 말을 본래의 색깔대로 '초록 산', '초록 숲', '초록 소나무'로 부르면 어딘가 어색하고 발음하는데 불편하기까지 하다. '푸른'이란 단어가 주는 어감과 '초록'이 주는 어감이 이토록 다를 수 있다니 놀랍다. 초록에 대한 순우리말이 없는 가운데 생긴 학습효과일 것이다.

이미 굳어지고 일상화된 표현을 새삼 고칠 이유도 없겠지만 글쓰기를 할 때는 정확한 표현이 기본인데 뭔가 개운치 않긴 하다. 초록(草錄)이 노랑과 파랑 사이에 있으니 '초랑'이나 '초란'이면 어떨까?

자연의 색을 말이나 글로 표현하는 데는 한계가 있다. 사실 언어는 불완전하고 편견을 만들기 십상이다. 감정 표현은 물론이고 커피 한 잔을 마실 때도 그 맛이나 향의 일부 특징만 표현할 뿐이다.

색깔도 마찬가지다. 온갖 자연색을 어찌 다 표현할 수 있겠는가. 따라서 옛날부터 관습적으로 식물, 동물, 광물 등의 이름을 따서 색의 이름을 붙였는데 이를 관용색 이름이라 한다. 아래에 열거한 20개의 초록색 종류는 오승진의 책 「색채 심리」의 부록에 제시된 관용색 이름에서 발췌한 것이다.[16]

참다래색(녹갈색), 황록색(진한 노란 연두), 올리브색(녹갈색), 국방색(어두운 녹갈색), 청포도색(연두), 풀색(진한 연두), 쑥색(탁한 녹갈색), 올리브그린(어두운 녹갈색), 연두색(연두), 잔디색(진한 연두), 대나무색(탁한 초록), 멜론색(연한 녹연두), 백옥색(흰 초록), 초록, 에메랄드그린(밝은 초록), 옥색(흐린 초록), 수박색(초록), 상록수색(초록), 피콕그린(청록), 청록 등이다. 그러나 이것도 자연색에 비하면 빙산의 일각일 뿐이다.

색은 세상을 보는 창이며 매일 색과 관계를 맺고 영향을 받는다. 색의 세상에서 보면 삼라만상이 모두 색의 조화다. 색은 시간의 함수이며 자연의 방정식이다. 자연의 일부로 살고 있는 인생도 색의 연속이며 색의 파노라마다.

산꼭대기에 올라 주변을 둘러보면 초록 바다가 펼쳐진다. 멀리 희미한 능선부터 가까이에 있는 선명한 능선까지 파도처럼 밀려온다. 지난 세월도 함께 밀려온다. 젊은 시절 빨강, 파랑, 노랑, 보라로 형형색색 물들이며 좌충우돌 살았다면 이제 연두와 초록이 가득한 숲의 마음으로 살아야겠다.

제 **3** 부

숲과 호수 걷기

산책에 대하여

숲속 걷기

호숫가를 걸으며 · 1

호숫가를 걸으며 · 2

번개시장 에피소드

도립 화목원 탐방기

시내 걷기

맨발 걷기

걷기 명품 도시 춘천

산책에 대하여

산책은 '나'를 만나는 걷기다.

목적지나 도착에 대한 집착이 없는 산책은 자유 걷기이며 언제, 어디서든 할 수 있는 내 맘대로 걷기다. 맨손과 편한 옷차림으로 나서면 마음도 가볍다.

걷다 보면 두 발이 마음의 세계로 안내하여 내 안으로의 여행을 떠나게 된다. 안개처럼 뿌옇던 잡념이 서서히 걷히고 단순하고 소박한 본래 마음이 그 모습을 조금씩 드러낸다. 산책은 사색과 수행이 있는 걷기다.

나는 초등학교 시절 십리 길을 걸어서 등하교했다. 아마도 그때부터 걷기가 내 몸에 밴 것 같다. 중고등학교나 대학 시절에도 걸어서 통학했고 직장을 다닐 때는 점심시간을 이용해 가능한 매일 걸었다. 은퇴를 한 지금도 뒷산을 수시로 산책하면서 자연스럽게 사유하는 습관도 생겼다.

걷다 보면 머릿속이 맑아진다. 산책의 한자어는 흩뜨릴 산(散)에 꾀책(策)으로 '잡생각을 떨쳐버린다'는 의미로도 해석해 볼 수 있다. 리드미컬한 발걸음으로 몸은 홀가분해지고 마음은 경쾌해지면서 창조력이 활성화된다.

나는 산책을 하거나 샤워할 때 또는 변기에 앉아 있을 때 아이디어가 번쩍 떠오르는 경우가 종종 있다. 걸을 땐 즉시 휴대전화에 메모를 하지만 나머지의 경우는 그럴 수 없어 놓칠 때가 많다.

수많은 철학자, 과학자, 작가들이 걷기를 통해 사유하고 영감을 얻었다. 니체, 루소, 하이데거, 칸트, 다윈, 아인슈타인, 그로, 랭보, 소로, 브르통 등 그들은 손이 아닌 발로 글을 쓸 때가 더 많았다고 했다.[1),2)]

영국의 작가 레슬리 스티븐은 "글쓰기는 산책하다가 우연히 얻은 부산물"이라 했고,[3)] 루소는 "내가 혼자 두 발로 걸었을 때만큼 깊이 생각하고, 깊이 존재하고, 깊이 살고, 깊이 나 자신이었던 적은 없었다."고 회고했다.[4)]

칸트는 매일 같은 시간에 같은 곳을 산책한 것으로 유명하다. 평생고향을 떠나거나 여행을 해본 적이 없는 그는 글쓰기와 독서, 산책과 먹는 것 외에 별다른 관심사가 없었다고 한다.[5)] 그가 매일 산책했던 길은 훗날 '철학자의 길'로 명명되었다. 칸트는 산책길에서 스스로에게 "무엇을 알 수 있는지, 무엇을 해야 하는지, 무엇을 희망해도 좋은지"를 질문하며 걷고 또 걸었을까?

산책은 장딴지 근육도 키우지만 마음의 근육도 키워준다. 밖으로 나가 햇볕을 쬐면 밝은 에너지가 충전되고 활력이 솟는다. 특히 우울증과 불면증에 효과가 있다고 알려져 있다.

영국의 소설가 찰스 디킨스도 그의 에세이집 「밤 산책」에서 걷기로 불면증을 극복했다고 썼고,[6] 프랑스의 사회학자 다비드 르 브르통도 그의 저서 「걷기 예찬」에서 "걷기는 삶의 불안과 고뇌를 치료하는 약이다."라고 말했다.[7]

걷다 보면 자신을 객관적으로 바라보는 여유가 생긴다. 지나간 실수나 잘못에 대해 관대해질 수 있고, 있는 그대로의 자신과 화해하면서 닫혔던 마음이 열리기도 한다. 염려하고 걱정했던 일에 뜻밖의 실마리를 찾기도 하고 상처받은 마음에 치유를 얻기도 한다. 그러나 산책에서 돌아오면 마음은 다시 한쪽으로 기울어진다. 자주 걸어서 오뚝이처럼 마음의 중심을 회복해야 한다.

산책은 느림을 즐기는 걷기다. 바쁘게 보낸 한 시간과 산책하며 보낸 한 시간의 물리량은 같지만 전혀 다른 시간 속에 있음을 체험한다.

프랑스의 철학자 프레데리크 그로의 저서 「걷기, 두 발로 사유하는 철학」에는 "시간의 늘어남은 공간을 깊이 파고든다. 이것이 바로 걷기의 비밀 가운데 하나다."라는 말이 나온다.[8] 아리송한 말이지만 느낌으로는 알 듯도 하다.

바쁘게 사는 속도의 압박에서 벗어나면 같은 시간, 같은 하루지만 '지금, 여기'에 더 충실할 수 있고 나의 존재를 확인하게 된다. 매일 다니던 산책길에서 안 보이던 것들이 보이고 평범했던 새소리도 더 선명하고 특별하게 들린다.

몇 년 전 혼자 템플스테이를 다녀온 적이 있었다. 고요한 밤, 산사의 작고 텅 빈 방에 홀로 앉으면 처음엔 적막감이 들지만 차츰 편안해 지면서 묘한 자유를 느낀다. 그동안 너무 많은 것을 보고, 듣고, 소유하면서 너무 많은 생각에 빠져 공연히 허우적거렸던 나를 발견하게 된다.

산책은 바로 그 템플스테이와 같은 효과를 준다. 일상을 둘러보면 몸이든 마음이든 복잡하고 불필요한 것을 너무 많이 소유하고 산다. 산책은 불필요한 것에서 벗어나 단순함으로 돌아가는 걷기다.

프랑스의 자기 계발 전문가인 카린 마르콩브도 「숲속의 철학자」에서 "단순함은 우리에게 자유를 준다."고 했고,[9] 우석영 등의 책 「걸으면 해결된다」에도 "모든 걷기는 단순함을 연마하는 행동이며 단순함의 수행이다."라고 했다.[10]

산책은 마음속에 저울을 갖는 일이다. 욕망은 늘 넘쳐나기 때문에 조절하지 않으면 번뇌와 고통에서 헤어날 수 없다. 나아감과 멈춤, 넘침과 모자람, 복잡함과 단순함 등 곳곳에 균형이 필요하다. 산책은 모자라지도 않고 넘치지도 않는 자연의 저울에 나를 올려놓고 조화와 균형을 찾는 걷기다.

삶이란 '나'를 알아가는 과정이다. 아무리 명예가 높고 지식이 넘치고 가진 것이 많아도 '나'를 모르면 전부 헛것이다. 나를 아는 것이 세상을 이해하는 출발점이다. 산책은 나를 '또 다른 나'에게로 안내하는 걷기다.

숲속 걷기

산책로 숲은 나의 30년 지기다.

우리 동네 뒷산엔 능선으로 길게 이어진 산책길이 있다. 소나무와 참나무 종류가 울창한 숲에는 사계절 낙엽이 수북하지만 사람 왕래가 잦은 오솔길은 흙이 패인 곳도 있고 나무뿌리가 돌출되어 구불구불 엉켜있는 곳도 있다. 한눈을 팔고 걷다가는 걸려 넘어지기 십상이다.

산책로 곳곳엔 경사진 오르내림이 있어 부지런히 걸으면 땀이 나고 숨이 가쁠 만큼 운동 효과도 있고 자연을 벗하며 천천히 걸으면 철학자가 된다.

산책길은 여러 방향으로 갈라져 있으며 걷는 시간이나 운동량을 형편에 맞게 조절할 수 있다. 코스에 따라서는 춘천의 진산인 해발 900m의 대룡산 정상까지도 연결된다. 춘천에서는 이곳을 '애막골 산'이라 부른다.

30여 년 전 처음 운동을 시작할 땐 한산했으나 2000년대 이후 아파트단지가 들어서면서 지금은 많은 시민들이 찾는다. 날씨 좋은 주말이나 휴일엔 시내의 거리만큼이나 오가는 사람들이 많다.

어린이부터 연로하신 어르신까지 연령층도 다양하고 표정과 옷차림도 각양각색이다. 오랜 세월 다니다 보니 서로 얼굴을 익혀 가볍게 인사를 나누는 이웃도 있고 종종 지인을 만나기도 한다.

궂은 날씨거나 피곤할 땐 집을 나서기 싫지만 일단 산책길에 오르면 절대 후회하지 않는다. 30분 정도 걸으면 찌뿌듯했던 몸이 풀리고 번거롭던 생각이 차츰 가라앉으며 홀가분해진다.

숲에도 나에게 특별히 편안하게 느껴지는 장소가 있다. 집에서 출발하여 1시간 정도 걸으면 한적한 곳에 나의 쉼터가 나온다. 비교적 사람들의 왕래가 적은 곳이지만 아늑하고 조용한 공간이 좋아 찾는 사람이 꽤 있다. 내가 다니는 산책 코스의 반환점이기도 하다.

그곳에 도착할 때쯤이면 땀이 나고 기분은 날아갈 듯 상쾌해진다. 심호흡과 맨손 체조를 하면 숲의 에너지가 가득 채워져 몸과 마음은 이미 속세를 떠난다. 돌아올 땐 맨발로 걷는다. 중간쯤에 각종 운동기구가 설치된 곳에 들려 근력운동과 거꾸로 매달리기 등을 병행하면 왕복 2시간 남짓 걸린다.

기온이 적당한 봄가을엔 오전에 걷고, 한여름엔 이른 아침에 집을 나서고, 추위가 맹위를 떨치는 한겨울엔 오후에 걷는다. 다니는 횟수는 일정하지 않고 그때그때 기분에 따라 결정하는데 대개 일주일에 3~4회 정도 걷는다.

산책로 풍경도 세월 따라 많은 변화가 있었다. 30여 년 전에는 이른 새벽이면 뒷산이 쩌렁쩌렁 울릴 만큼 "야~호"를 외치는 사람들이 있었다. 산자락에 접해있는 아파트에선 그 소리에 잠이 깨기도 했다. 사람들의 왕래가 많아지면서 이런 모습은 자연스럽게 사라졌다.

예전과 비교하여 가장 달라진 풍경은 반려견과 동반 산책을 하는 사람들이 많아졌고 맨발로 걷는 사람도 부쩍 늘었다는 점이다. 꽃이나 나무를 꺾거나 쓰레기를 함부로 버리는 사람은 거의 없고 누군가 깜빡 잊고 두고 간 물건은 주인이 찾아갈 때까지 현장에 그대로 보관되기도 한다.

젊은 시절엔 새벽 시간에 그 길로 운동을 다녔다. 숲속에 어떤 나무가 자라는지 계절마다 무슨 꽃을 피우는지 별 관심이 없었고 앞만 보고 숨차게 걷고 뛰었다. 머릿속은 늘 일과 인간관계에 대한 집착으로 번거로웠다.

뒷산의 나무들이 하나둘 나이테를 늘려가는 동안 내 머리칼도 하얗게 탈색되었고 은퇴를 한지도 벌써 8년이 흘렀다. 숲속의 친구들은 내가 잘났든 못났든 늘 친구가 되어주었고 상처가 있을 땐 위로를 해주었으며 나쁜 에너지를 품으면 정화하여 자존감을 키워 주었다.

요즘은 한적한 시간에 여유롭게 걸으며 숲의 호흡과 리듬에 나를 맞춘다. 나뭇가지 사이로 쏟아지는 햇살과 파란 하늘, 사계절 녹색인 소나무와 잣나무, 껍질이 멋있는 아름드리 굴참나무, 연두색 이끼, 나뭇가지를 타는 청설모, 구수한 흙냄새, 솔바람 소리와 청아한 새소리, 우렁찬 매미 소리 등 숲속의 30년 지기들을 모두 열거하려면 끝이 없다. 나의 오랜 친구이자 스승이다.

집 밖을 나서는 순간 또 다른 관계가 형성된다. 자연이든 사람이든 침묵 속에도 대화는 있다. 산책길에선 너무 돋보이기보다는 있는 듯 없는 듯 존재할 때 주변은 평안해지고 그 혜택은 다시 나에게로 돌아온다. 내 소리를 멈추고 생각을 내려놓을 때 나무는 자신의 이야기를 조금씩 들려준다.

스스로 만든 속박에서 벗어나 자유로워진다는 것은 정말 어려운 일이다. 늘 대하던 것들에서 새로운 것을 발견하고 가까이 있는 것들의 소중함을 깨닫는 데 오랜 시간이 걸렸다. 그래서 걷고 또 걷는다.

호숫가를 걸으며 · 1

3월의 호숫가는 봄기운으로 가득했다.

오늘은 매월 정기적으로 진행하는 춘천수필문학회의 걷기 나들이가 있는 날이다. 절기로는 춘분이다. 창문을 여니 공기도 상큼하고 기온도 적당하여 걷기에 최적의 날씨다. 오랜만에 반가운 문우들을 만날 생각에 들뜬다.

나는 길치여서 시내의 약속 장소도 내비게이션의 안내에 따라 찾아간다. 이미 몇몇 회원들이 도착해 있었고 또 다른 분들도 속속 합류했다.

호수로 둘러싸인 춘천은 걷기의 명품 코스가 많다. 내가 가끔 찾는 곳은 의암호 수변 길인데 오늘은 그중 일부 구간인 송암동에서 의암호까지 걷기로 했다. 겨울 동안 일부 통제되었던 강변길도 3월 10일부터 개방되었다. 10시를 조금 넘겨 우리 일행은 탁 트인 호수를 바라보며 수변 길을 걷기 시작했다.

햇살이 눈부신 호숫가는 숲속과는 색다른 운치가 있다. 긴 겨울잠에서 깬 호수의 봄기운을 폐부 깊숙이 들이마시면 몸과 마음이 저절로 반응한다. "와~ 나오길 잘했구나!" 일행은 상큼한 봄바람을 가르며 강변길을 걸었고 겨우내 밀렸던 이야기꽃을 피우느라 간간이 큰 웃음소리가 들리곤 했다.

잔잔한 호수를 바라보면 마음이 편안해지고 청정해지는 까닭은 사람의 몸도 70%가 물이기 때문일 것이다. 수분 섭취와 호흡을 통해 내 몸속의 물과 자연의 물은 수시로 교통하고 교감하며 공명한다.

소양강 강가에서 어린 시절을 보냈던 춘천의 대표적인 작가 박종숙이 쓴 수필 '내 영혼의 강가에서'에는 이런 구절이 나온다. "강을 바라보고 있으면 터뜨리지 못한 내 안의 언어들이 꼬리를 물었다. 그것은 한처럼 가슴에 남아 일기장 속에서 빛을 내었고 문혼으로 승화되어 나를 감싸고돌았다."[11]

호수를 사랑한 그녀는 아호도 '호수지기'다. 탁월한 문력을 키울 수 있었던 배경에는 호수가 한 부분을 차지하지 않았을까 추측해 본다.

독일의 철학자 알베르트 키츨러의 책 「철학자의 걷기 수업」에도 "자주 물가를 바라보면 창조력이 높아지고 건강해진다"는 내용이 나온다.[12]

강을 따라 걷다 보니 문득 인체에도 강이 흐른다는 생각이 들었다. 몸에는 혈액의 강이 흐르고 마음엔 감정의 강이 흐른다. 물이 맑아지려면 꾸준히 흘러야 하듯 몸이 건강해지려면 혈액 순환이 잘 되어야 하고, 마음이 편안해지려면 감정이 요동치거나 막히지 않고 잘 소통되어야 한다.

살다 보면 여러 가지 일로 스트레스를 받아 감정의 흐름이 원활하지 못할 때가 있다. 부정적인 감정이 몸과 마음을 갉아 먹는다는 것은 누구나 알고 있지만 그렇다고 억지로 꾸며서 긍정적으로 될 수도 없다.

마음은 말이나 표정만으로 쉽게 정화되지 않는다. 일시적으로라도 우울한 감정을 없애고 싶을 땐 물을 바라보는 것이 좋을 듯싶다. 일본의 파동 연구가인 에모토 마사루도 그의 저서 「물은 답을 알고 있다2」에서 "마음이 우울하거나 상처를 받았을 때는 물을 보는 것이 좋다"고 하였다.[13]

햇빛에 반사되어 반짝이는 수면을 바라보면 긍정의 에너지가 차오르고 막혔던 감정이 서서히 뚫리면서 마음엔 돛이 올라간다. 걷기를 병행하면 리듬감이 생기면서 순풍에 돛을 단 듯 유유히 나아간다.

햇살이 반짝이는 호수 한가운데서 물오리가 푸드덕 날아오른다. 밝은 에너지가 전달되어 마음도 함께 날아오른다. 일행과 함께 스카이워크에 도착해서 스릴을 만끽하며 단체 사진을 찍었고 다시 걷기를 이어갔다.

강물이 흐르는 방향으로 걷다 보니 인생도 흐름이라는 생각이 들었다. 이 산책로를 따라 걸었던 수많은 사람들이 강과 함께 그렇게 흘렀을 것이다.

노자 도덕경에는 '최고의 선은 물과 같다(上善若水)'는 글귀가 나온다. 물은 언제나 낮은 곳을 향해 흐르지만, 나의 욕망은 늘 거슬러 오르려 애썼고 그 과정에서 상처받고 고통에 시달렸다. 물은 장애물을 만나면 돌아서 가지만 나는 부딪히며 갈등을 일으키곤 했다. 남 탓과 세상 탓을 하며 살았다.

물을 닮고 싶어 첫 수필집 제목을 「물을 닮고 싶은 물고기」로 하였고 물에 대한 글을 쓰기도 했지만 그렇게 간단치가 않았다. 물을 닮으려면 도를 깨치는 정도의 수행이 있어야 가능할 텐데 아직은 햇병아리 수준일 뿐이다.

우리 일행은 의암호의 상징 조형물인 인어 동상이 있는 곳에 함께 모였다. 동상 밑에 새겨진 글귀에 '1971년 이길종 선생님의 작품'이라 쓰여 있었는데 고교 시절 미술 선생님이라 잠시 옛날을 추억했다.

수면 위로는 간간이 물새들이 날고 강변 곳곳엔 노란 생강나무꽃이 활짝 피어 있었다. 반환점을 돌아 출발했던 곳으로 다시 돌아오니 허기가 느껴졌다. 뱃속의 허기는 음식으로 채우지만, 삶의 허기는 무엇으로 채워야 할까?

호숫가를 걸으며 · 2

5월의 하늘은 푸르렀고 호수는 고요했다.

오늘은 문학회의 5월 걷기 나들이가 있는 날이다. 어제 일기 예보에서는 오늘 기온이 30도까지 올라간다고 해서 땡볕에 덥지 않을까 걱정했는데 의외로 쾌청하다. 기온은 높지만 다행히 습도가 적당하여 그늘에 들어서면 시원함이 느껴지고 간간이 불어오는 강바람은 기분마저 들뜨게 한다.

모임 시간인 10시쯤 공지천 부근의 작은 쉼터에 도착하니 이미 대부분의 문우가 나와 계셨고 반갑게 조우하였다. 삼삼오오 모여서 준비해 온 간식을 먹으며 안부로 정담을 나누었다.

망백(望百)에도 밝고 건강한 모습으로 참여하신 J 작가님과 K 작가님을 뵈니 반가움과 함께 그 열정에 고개가 숙여졌다. 잠시 후 단체 사진을 촬영하고 오늘의 목적지인 '삼악산 케이블카' 승강장을 향해 상쾌하게 출발했다.

5월의 호수는 3월과는 또 다른 느낌이다. 3월엔 수면에 피어오르는 안개가 차가운 느낌이었다면 5월의 호수는 발이라도 담그고 싶을 만큼 투명하고 시원해 보였다. 햇살이 눈부시게 반짝였고 물오리들은 자맥질이 한창이다.

길을 걸으면 또 다른 삶 속으로 들어간다. 세상에는 수많은 길이 있다. 산책길, 등산길, 숲길, 강변길, 곧은길, 갈림길, 배움의 길, 문학의 길, 과학의 길, 철학의 길, 수행의 길…… 그리고 나의 길도 있다.

길을 걷다가 멈춰서 보면 걸어온 길이 보인다. 분명 똑바로 걸어왔다고 생각하지만 돌아보면 삐뚤빼뚤하다. 내가 걸어온 길도 갈팡질팡했다.

강원도 평창에서 농업고등학교를 다니다 춘천의 인문계고등학교로 다시 입학하였고, 서울로 유학을 가서 공대를 졸업하고 대기업에 3년 정도 근무하다 사표를 냈고, 산속에 들어가 고시 공부를 했지만 실패했다.

다시 춘천으로 돌아와 시청에서 행정직 공무원을 3년 정도 하던 어느 날, 예비군 훈련장에서 우연히 연구원에 근무하는 고교 동기를 만났고 그의 권유로 다시 전공 분야를 선택하여 환경연구직 공무원으로 28년을 근무했다. 유능하고 점잖은 그 동기는 연구원장을 역임했고 나는 과장으로 같은 날 정년퇴임 했다. 평생 잊지 못할 고마운 친구다.

처음부터 끝까지 직선으로만 곧게 이어진 길은 없다. 굽은 길도 있고 갈림길도 있지만 길은 길일뿐이다. 내가 걸어온 모든 길도 그 나름의 길이었다.

길 위에 서면 다양한 발자취를 마주한다. 오늘 걷는 이 호수 길에도 수많은 발길의 흔적이 담겨있고 온갖 감정의 파노라마가 스며있다. 성취와 보람이 있는 경쾌한 발걸음도 있었고 아쉬움이나 무거운 발걸음도 있었을 것이다.

프랑스의 사회학자 다비드 르 브르통은 "보행은 길 위에 놓인 평범한 사물들의 이야기를 들려주는 도서관"이라고 말했다.[14] 자주 보던 풍경도 계절이나 날씨, 기분에 따라 다른 느낌으로 다가오고 때로는 아이디어가 떠오르거나 영감을 얻기도 한다. 사유 속에서 또 다른 나를 발견할 때도 있다.

지금 생각해 보면 내가 가고 싶었던 길은 환경이 아니라 철학이었던 것 같다. 산책은 그 철학적 사유를 즐길 수 있도록 길을 열어 주었고 걸으면서 끊임없이 물었다. "나는 누구이고 어디서 와서 어디로 가는가?"

허황되고 정답 없는 질문 같지만, 묻고 또 물으면서 끓어오르는 욕망을 식히고 마음을 다듬을 수 있다. 길을 잘못 들어 헤매고 나면 그 길을 확연히 알게 되듯 인생길도 방황하고 난 다음 길을 찾았을 때 분명하게 나아갈 수 있다.

프랑스 철학자 프레데리크 그로도 "길을 잃어야만 자신의 마음에 더 잘 귀 기울이고, 더 이상 자신을 숭배하지 않고 그냥 사랑하게만 된다."고 했다.[15] 곱씹을수록 의미 깊은 말이다.

나는 은퇴 후 글쓰기를 하고 있다. 글 속에도 수많은 길이 있다. 내안의 또 다른 '나'와 대화하며 외로울 땐 벗이 되고 힘들 땐 위안을 얻는다. 아직은 혼자만의 넋두리가 많지만 그래도 글의 바다에 빠질 때 자유를 느낀다.

의암호 수변 길이 더 특별하고 아름다운 것은 바다같이 넓은 호수와 우거진 숲이 있기 때문이다. 철 따라 각양각색의 꽃이 피고 가을엔 단풍, 겨울엔 눈꽃으로 환상적인 풍경을 자아낸다.

어느덧 오늘의 걷기 일정을 마칠 시간이다. 점심 식사 후 헤어질 때, 망백의 K 문우님께서 내 손을 잡으며 "인제 그만 나와야겠어. 몸이 힘들어 바깥 활동을 하려면 남의 도움을 받게 되니 미안해서"라고 하신다. 감히 의례적인 말로 위로해 드릴 용기가 나지 않았다.

산다는 것은 시간의 길을 걷는 것 같다. 누구에게나 무정하고 공평한 시간이지만 연륜이 깊어질수록 가속도가 붙어 점점 더 빠르게 내달린다.

글 속에서는 타임머신을 탈 수 있다. 청춘으로 되돌아갈 수도 있고, 미래의 멋진 모습도 그려보고, 두려울 땐 나의 죽음마저도 객관화해볼 수 있다.

걷고 나면 독서를 한 기분으로 컴퓨터 앞에 앉는다. 낮에 봤던 호수와 아카시향이 잔잔하고 달콤한 상상의 나래를 펼쳐줄 것이다.

번개시장 에피소드

시장에 가면 삶의 에너지가 충전된다.

주말 아침엔 종종 번개시장을 찾는다. 산책로와 연결된 장마당은 구경거리도 많고, 먹거리도 사고, 왕복 1시간 정도 걷기 운동도 할 수 있어 좋다.

산자락을 배경으로 큰 도로변에 장이 서는데 쾌청한 주말의 경우 노점상들이 수백 미터까지 길게 이어진다. 오전 5시쯤에 시작되어 대략 10시 정도면 파장이다. 춘천에서는 이곳을 '애막골 번개시장'이라 부른다.

상인들 중에는 영업장을 따로 갖고 있는 분도 있고 텃밭의 채소를 그때그때 수확하여 조금씩 좌판 행상을 하는 분도 있다. "보기 좋은 떡이 맛도 좋다"는 말이 있지만 농산물의 경우 꼭 그렇지만은 않다. 노지에서 소규모로 재배한 경우 삐뚤빼뚤 볼품없거나 간혹 벌레 먹은 것도 있지만 맛은 최고다.

번개시장의 가장 큰 매력은 제철에 반짝 나타났다 사라지는 번개 상품이다. 내 입맛을 기준으로 해보면 봄에는 산나물과 마늘종이 좋고, 여름엔 완두콩, 햇감자, 옥수수, 열무가 입맛을 돋운다. 가을엔 호랑이

콩과 버섯류가 맛나고, 겨울엔 콩비지나 청국장이 제맛이다.

수산물 종류는 기후변화의 여파가 이곳 번개시장까지 영향을 미치고 있다. 동해안의 명태, 꽁치, 새치 등은 사라진지 오래고 대부분 원양어선에서 잡힌 생선이다. 동태는 러시아산이 많고 꽁치는 대만에서 수입된 것이다. 초겨울이면 흔하던 양미리와 도루묵도 점점 귀한 생선이 되어가고 있다.

즉석 먹거리는 일일이 열거할 수 없을 만큼 다양하다. 김밥을 비롯해 감자부침, 메밀부침, 장떡, 빈대떡, 수수부꾸미, 전병, 팥죽, 인절미, 샌드위치, 선짓국 등이 즐비하다. 특히 이곳 번개시장의 부침개는 별미다.

연로하신 할머니께서 메밀과 밀가루를 섞은 검숭한 반죽에 백김치와 부추를 긴 이파리 모양 그대로 넣고 기름을 적게 두르고 약간 탄 듯이 부친다. 어린 시절 고향인 평창에서 할머님이나 어머님이 해주셨던 바로 그 맛이다.

주말 아침 김밥이나 부침개에 커피 한 잔 곁들이면 입속에선 동서양이 만나고 머릿속에선 엔도르핀이 솟는다. 소소한 행복이다.

오늘은 토요일이다. 아침 일찍 산책을 다녀오다 모처럼 번개시장에 들렀다. 시장 구경도 하고 김밥으로 아침 식사를 대신하면 아내도 편해서 좋아한다. 주말이면 김밥 파는 곳엔 일찍부터 장사진을 친다. 오늘따라 김밥집 한 곳이 장사를 안 나오면서 또 다른 김밥집으로 사람들이 몰려 긴 줄이 이어졌다.

김밥은 미리 만들어 놓으면 맛이 덜하기 때문에 주문이 들어오면 그때그때 말아서 판다. 길게 늘어선 줄에 나는 아홉 번째로 순번을 기다리고 있었고 내 뒤로 일곱 사람이 더 있었다. 인내심이 필요한 상황이었다.

10여 분쯤 지났을까. 뒤쪽 줄에서 어떤 남자가 내 앞쪽에 있는 사람과 큰 소리로 반갑게 인사를 나누었다. 서로 친구 사이인 것 같았다. 이런저런 이야기를 나누더니 뒤쪽의 남자가 앞에 있는 친구한테 "네가 내 것까지 사줄래?"라고 부탁하자 앞줄에 있던 친구가 잠시 당황한 기색이었으나 이내 승낙했다. 점잖은 새치기를 한 셈이다.

길게 줄을 서 있던 사람들은 딱히 말은 없었지만, 그 순간 모두 불쾌했을 것이다. 뒷줄에 있던 남자가 앞에 있는 친구 옆으로 이동하여 큰 소리로 이런저런 이야기를 나누면서 순번을 기다렸고 그렇게 줄은 점점 줄어 갔다.

그 남자 차례가 되었고 김밥 주인이 "몇 줄 드릴까요?"라고 물으니 "아홉 줄이요" 한다. 두 사람 몫이다. 나는 속으로 "1인당 대개 두 줄 정도 사는데 많이도 사네."라는 생각과 함께 기다리는 시간은 더욱 길게 느껴졌다.

응급 약품을 사는 것도 아니고 휴일 아침 그 시간에 김밥 사는 게 뭐 그리 급해서 새치기 할까? 만약 앞줄에 있는 사람이 뒷줄의 친구에게 "바쁘면, 나랑 자리바꿈을 할래?"라고 제안했다면 어땠을까? 그것도 어려우면 뒷줄에 있던 사람이 앞줄의 친구에게 휴대전화 문자로 김밥을 내 것까지 주문해 달라고 부탁하고 슬며시 자리를 떠나 다른 곳에서 받아 갔더라면 긴 줄을 선 사람들은 몰랐을 것이다. '아는 게 병 모르는 게 약'이란 말도 있잖은가. 나는 30분 이상 기다렸다 두 줄을

샀고, 마음은 다시 행복해졌다.

번잡한 재래시장엔 활기가 넘친다. 가끔 우울하거나 게을러지는 느낌이 들 때 시끌벅적한 장마당에 가면 생동감이 넘치고 에너지가 충전된다. 흙 묻은 채소, 비린내 나는 생선, 크기가 들쭉날쭉한 오이나 호박, 흠집 있는 과일, 설탕 가루 입힌 도넛, 김이 무럭무럭 나는 순대 그리고 목이 쉰 외침과 흥정과 덤이 있어 사람 사는 세상 같다. 열심히 살아가는 사람들 숲에 서면 겸손해지고 새로운 의욕이 불끈 솟는다.

도립 화목원 탐방기

6월의 숲은 녹색으로 빛났다.

오늘은 문학회에서 도립 화목원을 방문하는 날이다. 며칠 전부터 기온이 34도까지 올라가는 폭염이 지속되어 덥지 않을까 걱정했는데 다행히 햇빛을 가린 구름과 산들바람이 불어 바깥 활동을 하는데 적당하였다.

현직에 있을 때 업무와 관련하여 이곳 사무실에 몇 번 출장을 다녀갔지만, 식물원이나 산림박물관을 관람하는 것은 이번이 처음이다. 10시 조금 전에 도착하니 몇몇 분들이 먼저와 계셨다.

일행은 주차장 인근에 있는 매점의 야외 의자에 앉아 건강 음료를 마시며 잠시 담소를 나누었고, 이어 탐방을 시작했다. 입장료가 있지만 65세 이상은 무료 관람할 수 있다. 우리 일행 중 딱 한 분만 입장료를 냈는데 모두 젊음이 부럽다고 한마디씩 건넸고, 각자의 방식대로 세월의 덧없음을 토로하면서 이내 싱그러운 숲속으로 사라졌다.

2023년 6월 11일 강원도가 '강원특별자치도'로 새로 출범하였다. 모든 공식 명칭이 바뀌면서 화목원도 강원특별자치도립화목원으로 변경되었다. 전국에 국립 수목원 4개소와 공립 수목원 36개소가 있는데,

강원특별자치도에는 국립 수목원으로 대관령의 국립한국자생식물원이 있고 공립 수목원은 6개소가 있는데 그중 한 곳이 춘천의 강원특별자치도립화목원이다.

이곳 화목원은 1999년 5월에 개원하였고 연간 20만 명이 다녀갈 정도로 춘천의 관광 명소가 되었다. 30여 개의 부대시설과 1,800여 종, 85,000본의 식물이 자라고 있으며 환경부 지정 멸종 위기 식물도 20종이나 보유하고 있다.

산림박물관은 2002년 10월에 개관하였으며 5개의 전시실과 3D영상관, 목재 문화 놀이터 등을 갖추고 있고 7,600여 점의 동물 박제, 곤충, 수목 표본 등이 전시되어 있다.

2012년 공립수목원 중 전국 최초로 '산림유전자원 관리기관'으로 지정 등록되었으며 2019년엔 국립백두대간수목원과 '생물다양성 활용과 산림 생물자원 보존을 위한 업무협약'을 체결하여 기후변화 취약 식물의 종자를 안전하게 보전하고 연구하고 있다. 도립 화목원의 탐방은 크게 식물원과 산림박물관으로 나눌 수 있는데 우리는 식물원부터 둘러보았다.

숲에 가면 의례 폐부 깊숙이 숨을 들이마신다. "아! 상쾌하다!" 언제나 그렇듯 숲에 들어서면 마음이 편안해지고 생명의 에너지가 스며든다. 식물원에는 수천 종류의 초목이 6월의 태양을 받으며 짙은 녹색으로 산소를 내뿜고 있었고, 울창한 숲과 단아한 호수가 어우러져 마치 큰 정원 같았다.

이곳에서 가장 눈길을 사로잡는 나무는 버즘나무다. 줄기의 껍질이 얼굴에 피는 버짐을 닮았다고 해서 '버즘나무'로 불리는데 영어 이름은 플라타너스다. 2015년 보호수로 지정된 이 나무는 가장 돋보이는 자리에 우뚝 서서 수령 110년, 키 30m, 둘레 5.6m로 범상치 않음을 뽐낸다.

식물에 대해 많이 알지 못하고 일일이 열거할 수도 없기에 가장 키가 큰 메타세쿼이아와 가장 낮은 지피식물에 잠시 머물러 본다.

메타세쿼이아는 은행나무, 소철과 함께 공룡 시대부터 존재했던 나무로 알려져 있는데 인간에게 발견된 것은 불과 100년도 안 된다. 그동안 화석으로만 존재 사실을 알고 있다가 1946년 중국의 양쯔강 상류에서 왕전이라는 산림 공무원에의 해서 처음으로 실물이 발견되어 세상에 알려졌다.[16] 물가에서 잘 자라는 이 나무를 중국에서는 수삼(水杉)나무라 부른다.

메타세쿼이아는 빨리 자라고, 키 크고, 원뿔형의 외모가 수려하여 우리나라에서는 조경수로 많이 심는데 내가 사는 아파트단지의 정원수로도 여러 그루가 자라고 있다.

한편, 지피식물(地被植物)은 키 작은 식물이다. 숲의 가장 아랫부분에서 역경을 견디며 자란다. 푯말을 보니 기린초, 무늬 둥굴레, 돌단풍, 꽃범의꼬리 등 다양한 종류가 있다. 저마다의 사연을 안고 생존 경쟁을 하며 살아갈 것이다.

산림박물관은 1층과 2층으로 나누어 다양한 전시실을 갖추고 있다. 강원특별자치도의 자연 비경, 목재의 아름다운 무늬, 나무의 성장 과정, 멸종위기 식물, 산림의 '녹색 댐' 기능, 산불 피해, 화전정리사, 산촌의 생활 등 갖가지 자료들이 즐비했다. 꼼꼼히 살펴보려면 꼬박 하루 정도는 봐야 할 것 같다.

오래전 현직에 있을 때 환경 전시회를 준비한 적이 있었는데 오염 현상 등을 패널에 제작할 때 가장 어려운 부분이 디자인이었다. 이 자료를 준비한 분들의 노고를 짐작해 봤다.

이곳저곳을 둘러보다 씨앗 박물관의 '재미있는 참나무 이야기'에 발걸음이 멈춰졌다. 참나무는 '진짜 나무'란 뜻인데 '참나무'라는 이름의 나무가 따로 있는 것이 아니고, 참나뭇과 참나무속의 신갈나무, 상수리나무, 떡갈나무, 졸참나무, 갈참나무, 굴참나무의 6종류를 통칭하는 말이다.

차윤정 박사가 쓴 「신갈나무 투쟁기」에는 우리나라 참나무 종류의 성장 과정에 대해 상세히 기술되어 있다. 내가 나무를 배우면서 처음 접한 책이라 더욱 인상 깊었고 많은 공부가 되었다. "평온해 보이는 숲속에서 도대체 무슨 일이 일어나고 있는 거야?"라는 질문이 이 책의 화두다.

오래전 동해안 산불 피해 지역의 식생과 생태에 대해 공동 조사를 한 경험이 있기에 그와 관련된 부분도 관심 있게 살펴보았다.

여기저기 둘러보다가 시간이 지체되었고 일행으로부터 서둘러 달라는 전화가 왔다. 1층 현관에서 함께 기념사진을 촬영하고 식당으로 향했다. 나무 이야기로 꽃을 피웠고 여운을 남긴 채 오늘의 탐방을 마무리했다.

걷기 나들이를 다녀오는 날엔 컴퓨터 앞에 앉는다. 수려한 자태의

나무와 함께했던 분들의 밝은 표정을 추억하며 나만의 시간에 빠져
든다.

시내 걷기

어느덧 9월 초순이다.

한낮은 여전히 덥지만 백로가 지나면서 아침, 저녁의 공기가 사뭇 다르게 느껴진다. 우렁차던 매미는 이미 자취를 감추었고 서늘해지는 공기에 다급해진 청설모는 이리 뛰고 저리 뛰며 바빠졌다.

아카시 열매는 짙은 갈색으로 여물어가고, 도토리는 단단해지며, 가로수의 은행나무에도 노란 열매가 주렁주렁 익어간다. 진한 녹색으로 빛나던 나뭇잎들도 조금씩 옅어지면서 머지않아 노랑, 빨강, 주홍 등으로 아름답게 물들 것이다. 자연은 이미 가을 준비로 분주하다.

오늘은 시내에서 점심 모임이 있는 날이다. 평소에는 뒷산을 걷지만, 한겨울에 눈이 내려 산책로가 얼어붙거나 오늘같이 모임이 있을 때는 약속 장소까지 걸어가며 시내 산책을 즐긴다. 오늘은 목적지가 있지만 사실 목적지가 없을 때 진정한 산책이 된다. 소요유(逍遙遊)란 말도 있잖은가.

도로변을 걸을 때 가장 불편한 것은 자동차 매연과 소음이다. 마스크를 착용하고 걷다 보면 소음도 어느 정도 익숙해진다. 간혹 옆에서 자동차 경적이 울릴 때면 깜짝 놀라 "왜 저렇게 조급할까?"라는 생각을 하지만, 나도 운전대를 잡으면 별반 다르지 않다. 자동차라는 괴물에 올라앉아 있기 때문일 것이다.

인간이 만든 문명의 이기에 인간이 중독되고 갈수록 더 빠르고 더 편리한 것을 갈구하면서 마음은 강퍅해지고 움직일 일은 점점 더 줄어든다. 속도와 편리함의 중독에서 벗어나려면 시간 날 때마다 숲을 찾고 걸어야 한다.

어디를 걷느냐보다 어떤 마음으로 걷느냐가 더 중요하다. 도시에는 수많은 길이 있고 기분에 따라 발길 닿는 대로 걷는다. 운전과 주차 문제로 신경 쓰였던 모든 것들에서 해방되어 군중 속을 한가롭게 거니는 것은 별난 즐거움이다.

자동차로 수시로 지났던 곳이지만 걸어서는 처음 가보는 낯선 길도 있고, 도로가 새로 생기거나 아파트가 들어서면서 전혀 다른 환경으로 바뀐 곳도 있다. 운전하며 흘깃 봤던 음식점, 카페, 빵집, 옷 가게 등에 대해 좀 더 자세히 살피는 재미도 있다. 전에 가족이나 친구와 들렀던 곳도 있고 다음번에 꼭 한번 와보고 싶은 곳도 기억해 둔다.

예전엔 이면도로나 골목길도 곧잘 걸었지만, 요즘은 빼곡히 주차된 차들로 답답해졌고, 수시로 다니는 자동차 때문에 위험하고 여간 성가신 게 아니다. 인도가 따로 있는 대로변을 걷는 것이 오히려 편하고 여유롭다.

시내를 걷는 것은 산이나 호숫가를 걸을 때와는 또 다른 느낌이다. 뒷동산 산책로에 나무가 모인 숲이 있다면 도심의 거리에는 사람의 숲이 있다.

같은 시간에 같은 곳을 걷고 있는 사람들을 볼 때면 '옷깃만 스쳐도 인연'이란 말과 일기일회(一期一會)의 의미를 깊이 되새긴다. 무심히 지나치는 사람들의 표정에서 희로애락이 묻어나고 잊었던 얼굴이 떠오르기도 한다.

인간은 사회적 동물이라 얽히고설킨 관계 속에서 간섭하고 간섭당하면서 사랑하고 때로 상처받기도 한다. 프랑스의 철학자인 프레데리크 그로가 쓴 「걷기, 두 발로 사유하는 철학」에는 이런 구절이 나온다. "아무것도 아닌 사람이 되는 것, 그것이 바로 걸을 때 누릴 수 있는 자유다."라고.[17]

도시의 군중 속을 홀로 걷다 보면 관계로부터 해방되어 편안한 고독을 느낄 때가 있다. 아무에게도 관심 받지 않는 홀가분함은 별난 자유다.

어느새 모임 장소인 지하상가에 도착했다. 춘천의 도심 한가운데 길게 조성된 지하상가는 바깥 날씨와는 상관없이 한여름엔 시원하고 한겨울은 따뜻하다. 곳곳에서 사람들이 노천 의자에 앉아 망중한을 즐기거나 동료들과 담소를 나누고 있었고 약속 장소인 식당에도 점심시간에 찾은 직장인들로 북적였다.

현직에 있을 때는 주말이나 공휴일이 그렇게 좋고 기다려졌는데 지금은 바쁘게 사는 직장인들이 활기차 보이고 부럽기도 하다.

점심을 마친 지인들과 '추억의 옛 다방'이란 곳으로 향했다. 한 시간 정도 왁자지껄 담소를 나누었고 아쉬운 듯 헤어졌다. 모처럼 사람들과 만나 수다를 떠는 소박한 일상이었지만 행복한 하루였다.

　모든 일에는 때가 있는 것 같다. 헌 잎을 털어내고 이듬해 새순을 만드는 나무처럼 인생도 전환점이 필요한 때가 있다. 때를 잘 알아차리는 것도 큰 복이다. 요즘은 즐거움의 기준이 조금씩 바뀌고 있다. 돌아보면 크고 자극적인 기쁨은 그만큼의 허전함과 후유증을 남겼던 것 같다. 반복되는 일상은 자극적이지 않고 요란스럽지도 않아 언제나 편안함을 준다.

　이른 아침의 상쾌한 햇살, 싱싱한 나뭇잎과 숲 냄새, 산들바람과 새소리, 비 온 다음 맑은 공기, 함박눈, 한가한 시간의 커피 한 잔, 땀 흘리고 마시는 맥주, 손자 녀석의 해맑은 얼굴, 아내의 된장찌개, 샤워, 낮잠, 산책 그리고 '또 다른 나'를 만나는 글쓰기 같은 것들이다.

　매일 코펜하겐 시내를 산책했던 철학자 키르케고르는 집에 돌아오면 미친 듯이 글을 썼다고 한다.[18] 소소하고 반복되는 일상일지라도 눈을 뜨면 곳곳에 깨우침이 있다.

　오늘은 모처럼 시내 산책을 즐겼다. 특별히 흥분되지 않는 소박한 일상이 빛나 보일 때 글을 쓰지 않고는 못 배긴다.

맨발 걷기

맨발로 걸으면 느낌이 좋다.

신발 속에 갇혀 답답했던 발에 숨통이 트이는 기분이다. 그동안 푹
신하고 안락한 신발 덕분에 발바닥의 감각을 까맣게 잊고 살았다. 어
느 날 양말과 신발을 벗고 맨발로 땅을 밟으면 그 시원함과 기분 좋은
낯섦에 빠져든다. 어쩌면 해방감이나 후련함일 수도 있다.

맨발에 전해지는 까끌까끌함, 서늘함, 축축함, 홀가분함 그리고 약
간의 긴장감이 느껴지면서 온 정신이 발바닥에 집중되어 일단은 잡념
이 사라진다. 시간이 지나면서 차츰 익숙해지면 땅의 기운이 기분 좋게
전달된다.

한번 걸어보면 마치 운전면허를 취득하고 처음 자동차를 몰았을 때
와 비슷한 기분이다. 틈만 나면 여기저기 맨발로 걷고 싶어진다.

맨발 걷기를 끝내고 신발을 신었을 때 느껴지는 그 푹신함과 안락함
은 또 다른 놀라움이다. 발을 씻거나 샤워를 한 다음에도 한동안 발바
닥에 전해지는 화끈거림은 건강한 만족감을 준다. 발바닥 마사지를 받
은 느낌이랄까?

나는 2023년 10월부터 맨발 걷기를 시작했다. 늘 다니는 산책 코스

에서 반환점까지는 평소대로 신발을 신고 걷고 돌아올 때는 맨발로 걷는데 1시간 남짓 걸린다. 한겨울에는 맨발 걷기를 안 한다.

뒷산 산책로는 맨발 걷기에 썩 좋은 환경은 아니다. 바닥에 나무뿌리가 울퉁불퉁 튀어나와 있는 곳이 많고 흙 알갱이가 굵고 까끌까끌한 마사토로 되어 있어 피부가 예민한 사람은 따끔거리고 화끈거릴 수 있다. 또 맨발로 걸으면서 뒤꿈치가 땅에 닿을 때 무릎과 척추에 다소 충격이 전해지는 것 같아 조심하며 걷는다. 진흙이나 부드러운 흙바닥이면 그런 걱정은 덜 할 것이다.

비가 많이 내린 다음 날 느낌은 특별하다. 습기를 잔뜩 머금은 흙과 낙엽은 촉촉하고 부드럽다. 토양 미생물의 활동이 활성화되어 발바닥으로 전해지는 생명의 기운이 훨씬 클 것이라 상상하며 걸으면 더 즐겁다.

맨발 걷기를 열심히 하는 분 중에 누군가가 산책로 중간에 '맨발 휴게소'도 만들어 놓았다. 부드러운 진흙을 둥근 쟁반 모양으로 평평하게 다져서 발바닥이 화끈거릴 때 그곳을 밟으며 잠시 쉬어 갈 수 있도록 배려해 놓은 것이다. 진흙에서 전해지는 건강한 기운도 덤으로 얻을 수 있다.

요즘은 맨발 걷기 열풍이다. 뒷동산 산책로에도 최근 1년 사이에 맨발 걷기를 하는 사람들이 부쩍 늘었다. 신발을 들고 걷기도 하고 산책로 입구에 신발을 벗어놓거나 배낭 속에 넣고 걷기도 한다.

맨발 걷기 붐이 학교까지 번져 전국 초·중학교 여러 곳에서 맨발 걷기 프로그램을 운영하고 있다는 보도도 있고, 일부 지자체에선 맨발 걷기 흙길 조성에 비용을 지원하기도 하고 맨발 걷기 축제까지 생겼다고 한다.

맨발 걷기의 인프라 조성을 위해 관련 조례를 만드는 지자체도 있고, 맨발 걷기 동호 모임에서는 '접지권'을 입법화하자는 운동을 전개하기도 한다.[19],[20] 아파트 단지나 공원 등의 포장된 아스팔트를 걷어 내어 흙길을 조성하고 발을 씻을 수 있는 세족 시설의 설치를 의무화 하자는 것이다. 많은 시민이 원하면 언젠가는 실현될 것이다.

맨발 걷기에 대한 건강 정보도 넘쳐난다. 갖가지 효능이 소개되고 각종 질병을 고쳤다는 얘기가 회자되면서 맨발 걷기 열풍이 가속화되고 있다.

맨발 걷기 효능 중 널리 알려진 것이 소위 '어싱(earthing)'의 항산화 효과다. 맨발로 땅을 밟으면 지구의 음전하가 몸속으로 들어와 각종 염증의 원인인 활성산소를 중화시킨다는 것이다. 이 외에도 혈액이 희석되어 심뇌혈관 질환에 좋고 스트레스를 진정시켜 숙면, 불안 등에 도움이 되고 통증 완화에도 좋고 면역력을 증강한다고 한다.[21]

소개된 효능을 종합해 보면 거의 만병통치다. 그러나 맨발 걷기의 치료 효과에 대해 아직 의학적으로 분명하게 입증된 것은 없는 것 같다.

건강 정보에 솔깃하여 너무 큰 기대를 하면 오히려 실망할 수 있다. 맨발로 걷든 신발을 신고 걷든, 걷는 것 자체가 몸과 마음에 명약이다. 편안한 느낌으로 즐길 때 오래 지속할 수 있고 건강도 좋아질 것이다.

걷기는 누구나 쉽게 할 수 있는 운동이다. 마음만 먹으면 언제 어디서든 가볍게 실천할 수 있으며 특별한 준비물도 필요 없다. 걷는 시간이나 걸음 수도 따로 정해진 것이 없고 개인의 사정이나 능력에 따라 적당히 선택하면 된다. 꾸준히 걷다 보면 자신에게 맞는 걸음 수를 찾게 된다.

나는 그냥 느낌이 좋아 맨발로 걷는다. 질병의 치료 효과가 있을지 없을지는 당연히 개인 차이가 있을 것이다. 걷는 것 자체가 뇌를 자극해 머리가 시원해지는데 맨발로 걸을 땐 그 느낌이 배가 되는 것 같다.

맨발 걷기도 일단 시작해 보고 좋으면 계속하는 것이고 이런저런 불편한 점이 있으면 신발을 신고 걸으면 된다. 중요한 것은 걷는 것이다.

걷기 명품 도시 춘천

춘천은 도시 자체가 공원이다.

문밖을 나서면 숲과 호수가 기다린다. 시내 한 가운데는 봉의산이 우뚝 서 있고 아파트단지가 있는 동네마다 안마산, 애막골산, 드름산이 있어 도시의 산소탱크 역할을 한다. 언제든 등산과 산책을 즐길 수 있다.

도심을 흐르는 만천천과 석사천의 강변길은 사계절 걷는 사람들이 끊이질 않는다. 공지천은 멋진 수변공원과 더불어 다양한 수서 생물과 물새들이 살고 계절마다 아름다운 풍광을 연출하는 춘천의 대표적인 걷기 명소다.

시 외곽으로는 대룡산, 금병산, 삼악산, 검봉산, 오봉산 등이 병풍처럼 돌려있고 그 안에는 어머니의 자궁처럼 소양호, 춘천호, 의암호가 맑고 풍부한 수량으로 수많은 생명을 잉태하고 있다.

도시의 환경가치 중 으뜸이 녹색 숲과 맑은 물인데 춘천은 이 두 가지가 잘 어우러진 산소 도시이며 호반의 도시고 생명의 도시다.

은퇴 전 현직에 있을 때 많은 도시를 방문해 봤다. 환경 분야의 업무가 오염 현장을 찾아 원인을 분석하고 시료를 채취하는 일이라 늘 출장을 다녔다. 서울서 근무할 땐 전국으로 출장을 다녔고, 직장을 춘천으로 옮긴 다음에는 강원도 전역의 오염 현장을 찾아다녔다. 그때마다 은퇴하면 꼭 춘천에서 살고 싶다고 생각했다. 그냥 느낌이 편안하고 좋았다.

시내에서 동서남북 어느 쪽으로 걷든 30분 내외면 울창한 숲이 있거나 아름다운 호수가 펼쳐지는 곳이 춘천이다. 햇살에 반짝이는 호수는 긍정과 치유의 에너지를 전해 준다. 수려한 자연과 안개가 멋있는 낭만의 도시고 복잡하지 않고 공기도 맑다. 서울이 가깝고 교통이 편리한 점도 좋다.

호반의 도시는 사계절 다양한 수변 풍광을 연출한다. 나지막한 산을 따라 굽이굽이 이어지는 호수 길은 시내를 빙 둘러 길게 이어지는데 산책의 명소다. 아침엔 안개가 피어오르고 붉게 물든 저녁노을은 호수에도 담긴다. 겨울에는 자연만이 연출할 수 있는 화려하고 현란한 상고대가 피어난다. 화가나 사진작가들의 작품 소재가 된 지 오래고 문인들의 글감으로도 자주 등장한다. 아름다운 강변길을 걷다 보면 마음도 저절로 너그러워진다.

사람들이 가장 많이 찾는 산책로는 의암호 수변 길이다. 춘천역 뒤편의 '에티오피아길'을 따라 공지천을 거쳐 MBC 방송사와 중도 나루, 삼악산 호수 케이블카를 경유하여 의암 스카이워크를 지나 인어 동상까지 연결되는 길이다.

걷기와 라이딩, 수상 레포츠를 병행할 수 있는 이 코스를 정확하게 측정해 보지는 않았지만, 수십 킬로미터는 될 것이다. 나는 그 길을 한 번에 왕복하기는 무리여서 기분에 따라 일부 구간을 선택해서 산책한다.

강변길은 호수와 산이 맞닿은 경계를 따라 휘돌아 가는데 바다 같은 호수가 한눈에 들어오고 물 위에 설치된 데크를 걸을 때는 구름 위를 걷는 기분이다. 특히 공지천 주변은 서울을 비롯한 외지인들에게도 인기가 높다. 봄에는 강변길을 따라 활짝 핀 벚꽃 길에 탄성이 절로 나오고 가을엔 빨간 단풍 길에 누구라도 걷고 싶은 충동을 느낀다.

한편, 춘천역 뒤편에서 공지천 방향과 반대쪽으로 올라가면 춘천의 관광 명소인 스카이워크와 소양강 처녀상이 있고 소양 1교를 건너면 강줄기를 따라 거슬러 오르는 '우두강둑길'이 나온다. 이곳은 경관이 수려한 데다 사람의 왕래가 잦지 않아 호젓이 걸으며 사색하기에 최고다.

어린이들의 장난감 천국인 '레고 랜드'가 있는 중도에는 생태공원이 있고 섬 주위를 빙 두르는 수변 길은 조용한 산책을 즐길 수 있다. '박사 마을'이 있는 서면의 애니메이션 박물관과 춘천문학공원 주변의 강변길도 경치가 일품이다.

위에 열거한 장소들은 시내에서 가깝고 내가 좋아하는 곳만 소개한 것이다. 자동차로 시 외곽을 조금만 벗어나면 금병산 자락에 울창한 잣나무 삼림욕장이 있는 '실레이야기길'이 있다. 이곳은 피톤치드를 듬뿍 마실 수 있는 숲속 걷기의 명품 코스다. 이 외에도 구곡폭포와 문배마을을 경유하는 '물깨말구구리길'이 있고 호수를 끼고 일주할 수 있는 춘천의 외곽도로는 드라이브 코스로도 최고이며 각종 수상 레포츠를 즐길 수 있다.

　춘천은 사랑과 낭만의 도시다. 이른 봄 노란 개나리가 필 땐 사랑의 열락으로 잠을 설치고 한여름엔 푸른 물결 위에 곱게 단장한 소양강 처녀가 노을빛에 설렌다. 은행잎이 도시 전체를 노랗게 물들일 때면 가을동화가 시작되고 첫눈이 내릴 때쯤 하얀 겨울연가로 이어진다.

　춘천(春川)은 언제나 봄이고 청춘이다. 젊고 밝은 에너지가 필요한 분은 언제든 춘천에서 걸어 보시라! 춘천에 살면 춘천이 얼마나 좋은지 가끔 잊고 살 때가 있다.

제 **4** 부
나의 나무
이야기

굽어서 정겨운 소나무

꿋꿋이 살아온 소나무

전쟁을 치르는 소나무

가시를 사랑한 아카시나무

살구나무 많은 집

산림의 보물창고 강원도

잊지 말자, 산림녹화

굽어서 정겨운 소나무

　산책로에는 굽은 소나무가 유난히 많다.

　소나무는 삼천리 방방곡곡 어디를 가도 쉽게 볼 수 있어 더 친근하다. 엄동설한에도 얼지 않고 늘 초록이며 척박한 땅에서도 잘 견뎌내고 꿋꿋하게 자란다.

　양지나무인 소나무는 주변의 나무들과 햇빛 경쟁을 하다 보면 뒤틀리고 꼬부라지기 일쑤다. 그러나 소나무가 굽은 것이 모두 햇빛 때문만은 아닐 것이다. 기온, 수분, 영양분 등 다양한 요소에 영향을 받을 수 있는데 뒷산의 경우는 토질이 척박한 탓도 있을 것으로 추측한다.

　어떤 경우든 소나무가 굽은 것은 살기 위한 몸부림이다. 인생도 늘 우여곡절이 있기에 굽은 소나무에 더 정이 가는 것은 아닐까?

　소나무는 예로부터 절개와 지조와 장수를 상징했다. 성삼문의 독야청청한 낙락장송의 절개도 있고, 윤선도의 눈서리에도 늘 푸르른 우정의 솔도 있다. 세상 풍파를 견디며 구불구불 천년을 사는 겸재 정선의 사직노송도가 있는가 하면 추위와 눈 속에서도 꿋꿋한 추사 김정희의 세한도도 있다.

　십장생으로 병풍이나 도자기, 자수 등에서 빠지지 않았고 나무를 소재로 한 시서화(詩書畵)에 가장 많이 등장하는 나무도 소나무였다.

애국가에서도 민족의 기상으로 우뚝 서고 국민 가곡 '선구자'에서도 기개를 드높인다. 소나무에 벼슬을 내려 '정2품 소나무'가 된 경우도 있고 경북 예천에 있는 '석송령'이란 소나무는 토지를 상속받은 것으로도 유명하다.

건물의 준공식이나 국가 사이에 중요한 협정을 맺을 때도 기념식수로 소나무를 많이 심는다. 변치 않고 오래 유지되기를 바라는 마음을 담았을 것이다.

민속에서도 소나무는 마을의 수호신이나 당산목이 되기도 했다. 어렸을 때 부엌에 가면 아궁이가 있는 위쪽의 높은 천장 부근에 하얀 창호지와 청솔가지를 묶어서 신주로 모셨다. 할머님께서는 집안에 큰 일이 있을 때마다 정성 들여 음식을 만들어 제일 먼저 그곳에 제물을 바쳤다.

이렇듯 소나무는 백성과 생사고락을 함께했고 묵묵히 고향도 지키고 선산도 지켜온 의로운 나무다.

소나무는 주변 환경과 잘 어울릴 줄 아는 신기한 나무다. 평지에서는 하늘을 찌를 듯이 곧게 자라고, 척박하고 비탈진 곳에서는 휘고 비틀어져 낮게도 자라며, 절벽이나 바위틈에서는 혼신의 힘을 쏟아 기적같이 살아남는다.

우리 동네 뒷산의 소나무와 우리 아파트 정원에 심은 소나무도 그 모양이 사뭇 다르다. 아파트에 심어진 소나무는 키 크고 쭉쭉 뻗어 기품이 있고, 뒷동산 소나무는 작고 비틀어져 가지가 얽히고설켜 있지만 정감이 넘친다.

오래전 자유 여행으로 캐나다 로키산맥을 다녀온 적이 있었다. 짙다 못해 검은 초록으로 쭉쭉 뻗은 울창한 침엽수림에 압도되었다. 여행을 마치고 인천공항에 내려 춘천으로 오는 버스 안에서 바라본 우리나라 산야의 풍경은 너무나 허전하고 삭막한 느낌이 들어 잠시 충격을 받았던 적이 있었다.

중국의 황산에 갔을 때도 기암 괴벽의 산세에 압도되었고 그 기운을 받은 소나무 역시 높은 기상을 뽐내고 있었다.

로키산맥이나 황산을 다녀온 후에 한 달 정도는 인상적인 그곳 숲의 모습이 머릿속을 맴돌았다. 그러나 컴컴할 정도로 빽빽한 로키산맥의 침엽수는 기품은 있었으나 알 수 없는 긴장감을 주었고 황산의 소나무는 접근하기 어려운 곳에서 자라고 있었다.

거북등처럼 갈라진 껍질과 완만한 곡선으로 굽은 우리 동네 소나무는 언제나 편안하고 정겹다. 쭉쭉 뻗은 나무도 기품 있지만 구불구불 비틀어진 소나무도 나름의 운치가 있다. 굽은 가지에 새가 둥지도 틀고, 초승달도 걸리고, 구름도 쉬어 간다. 그래서일까? 꼬부라지고 외틀어진 소나무를 못생겼다고 하지 않고 용트림한다거나 굽이쳐 꿈틀거린다고 표현한다. 굽은 모습마저 시련을 극복하는 인간의 내면세계와 연결 지어 아름답고 철학적으로 형상화할 만큼 우리 민족의 소나무에 대한 애정은 각별하다.

산림청에서는 1991년부터 7차례에 걸쳐 좋아하는 나무를 조사해 왔는데 대상자의 절반 이상이 소나무를 선택했고 그다음이 은행나무, 단풍나무 순이었다.[1] 소나무를 가장 좋아하는 이유로는 경관 가치를 첫 번째로 꼽았는데, 그중에는 굽은 소나무가 주는 정겨움도 포함되지 않았을까?

고향을 떠난 지 어느덧 반백년이 흘렀지만 창밖은 늘 소나무 숲이다. 소나무를 마주하며 산책한 지도 30여 년이 흘렀다. 상큼한 솔숲을 걷다 보면 어느새 마음이 평안해지고 정신이 맑아진다. 뒤틀리고 구부러진 고단한 삶에서도 품격을 잃지 않는 소나무를 보며 위로와 용기를 얻는다.

꿋꿋이 살아온 소나무

소나무는 척박한 땅의 꿋꿋한 개척자다.

예전엔 태어나면서부터 소나무와 생사고락을 함께했다. 아궁이에선 땔감으로 사용했고, 생활용품이나 농기구를 깎았으며, 집 짓는데 목재로 사용했고, 생을 마치면 소나무로 만든 관과 함께 묻혔다. 소나무 입장에선 늘 희생되었고 고단한 삶이었지만 자력갱생으로 그 힘든 시기를 꿋꿋이 살아냈다.

강원도는 어디를 가든 소나무가 가장 먼저 눈에 띈다. 가까운 산부터 먼 산까지 바라보는 곳엔 늘 소나무가 있다. 언제나 푸르고 곁에 있어 소중하지만 때로는 가깝고 흔하다는 이유로 소홀해지기도 한다.

1960년대만 해도 아궁이에 나무를 때서 밥을 지었고 난방도 유지했다. 강원도 산골엔 겨울도 일찍 찾아오고 눈이 푹푹 쌓이면 바깥 활동이 어렵기 때문에 월동 준비로 가장 먼저 해야 할 일이 땔감을 준비하는 일이었다. 나도 가끔 동네 형들을 따라 다녀본 적이 있다.

땔감으로는 참나무 장작이 으뜸이지만 험하고 높은 산으로 올라야 했기에 주로 힘센 어른들 차지였고 아이들은 산 아래쪽의 어린 소나무를 베었다. 치산녹화를 강조하던 시기라 허가 없이 소나무를 베는 것이 금지되었고 죽은 나뭇가지로 땔감을 마련해야 했지만, 해마다 반복되는 겨울 채비로 필요한 양을 다 채우기 어려웠다.

시퍼렇게 살아있는 소나무 밑동을 톱으로 자를 땐 어린 마음도 편치 않았다. 소나무를 여러 토막으로 잘라 리어카 밑에 감추고 위에는 마른 나뭇가지를 덮어 집으로 가져오곤 했다. 나뭇가지로 감춘 것은 이웃의 눈을 피한 것도 있지만 한편으론 죄책감을 덮고 싶은 마음도 있었을 것이다.

산에서 잘라 온 통나무를 모탕에서 도끼로 쪼갠 후 처마 밑에 장작을 그득하게 쌓아 놓아야 겨울 채비가 끝났고 마음도 든든했다.

소나무는 버릴 것이 하나도 없었다. 기름과 종이가 귀했던 시절 솔잎과 솔방울은 최고의 불쏘시개였다. 주로 아낙네들과 아이들이 뒷동산의 소나무밭에서 손이나 깍지로 긁어모았다. 가늘고 뾰족한 갈색의 소나무 낙엽을 고향인 평창에선 '갈비'란 별칭으로 불렀다.

초등학교 고학년이 되면 늦가을 특활시간에 학교 뒷산에 올라 솔방울을 자루에 가득 담아 와서 겨우내 교실에 있는 난로에 불쏘시개로 사용하곤 했다. 송홧가루는 다식을 만들었고 송(松)편은 오래전부터 솔잎을 깔고 찐데서 유래했다. 소나무는 서민들의 어려운 살림에 늘 보탬이 되었다.

연탄이 보급되면서 소나무와의 악연은 점차 끝이 났지만 산은 이미 상당 부분 벌거숭이로 변해 있었다. 치산녹화 사업이 계속되면서 벌겋던 민둥산은 점차 녹색을 띠며 울창해져 갔다.

요즘은 또 다른 상황으로 소나무가 수난을 겪는다. 도시가 팽창하면서 아파트가 들어서고 도로가 사통팔달로 뚫리면서 수많은 소나무가 일시에 잘려 나간다. 우리 동네 뒷산도 사방으로 도로가 뚫리고 건물이 들어서면서 산허리가 잘리거나 깎였고 소나무가 통째로 뽑히고 베어졌다. 산책로 입구에서 멋진 자태를 뽐냈던 노송은 새로 지은 건물 마당에 정원수로 옮겨 심었지만 일 년도 못 견디고 말라 죽는 것을 지켜보면서 안타까웠다.

비록 우리 동네 상황이지만 전국적으로 확대하면 각종 명목으로 상상을 초월하는 양이 희생되고 있을 것이다. 게다가 대형 산불로 일시에 타 죽기도 하고 재선충병으로 고통 속에 말라 죽기도 한다. 간혹 소나무가 기름 성분이 많아 산불에 취약하다는 이유로 다른 수종으로 대체해야 한다는 주장도 있지만 나무만 보고 숲을 보자 못하는 어리석음이다.

소나무는 햇빛만 잘 들면 별도의 조림을 하지 않아도 산비탈이든 절벽이든 뿌리를 내리고 꿋꿋이 살아간다. 산불이 휩쓸고 간 곳에서도 다른 나무가 정착기 힘들 때 소나무는 자생하며 척박한 토질을 회복시켜 다른 나무들이 정착할 수 있도록 돕는다. 소나무를 개척 수종이라 부르는 이유다.

소나무는 바람과 희로애락을 함께한다. '나무는 햇빛이 디자인하고 바람이 다듬는다.'는 말이 있는데 소나무에 딱 어울리는 표현이다.

봄에는 춘풍(春風)이 좋아 곧게 자라고, 여름엔 염풍(炎風)을 피해 숨어 살다가, 가을엔 양풍(凉風)을 맘껏 즐긴다. 간혹 겨울 한풍(寒風)

을 못 견디고 쩍쩍 갈라질 때도 있지만, 소나무가 가장 싫어하고 두려운 바람은 따로 있다. 개풍(開風)이다. 자연 바람은 다투면서 정도 들지만 인간이 몰고 오는 개발 바람은 산을 통째로 공중분해 시킨다.

바람 잘 날 없는 소나무지만 어디서든 자생하며 생태계를 유지하고 복원시켜 주는 개척자의 역할을 꿋꿋이 해왔다. 대부분의 나무가 무거운 짐을 내려놓는 겨울에도 언제나 녹색을 유지한다. 소나무는 꿋꿋한 산의 마음이다.

전쟁을 치르는 소나무

소나무는 지금 고난의 강을 건너고 있다.

겉으로는 고요해 보이는 숲이지만 소나무와 참나무의 생존 방식 때문에 영역 전쟁을 치르는 중이다. 두 나무는 여러 가지 면에서 대조된다. 소나무는 바늘잎이면서 햇빛을 좋아하는 양지나무고 늘 녹색인 상록수지만, 참나무는 넓은 잎이면서 음지나무이고 단풍이 들고 낙엽이 지는 갈잎나무다.

얼핏 생각해도 소나무와 참나무는 정반대의 특징을 갖고 있어 같은 장소에서 함께 살기 어려워 보이지만 아직은 함께 살고 있는 곳이 많다. 뒷산 산책로에도 장소에 따라 소나무가 울창한 곳도 있고, 소나무와 참나무가 섞여 있는 곳도 있으며, 참나무가 소나무를 밀어내고 자신들의 터전으로 만든 곳도 있다.

산림 전문가들의 식견에 의하면 참나무 종류가 서서히 소나무 자리를 잠식하는 자연 천이 현상은 우리나라 산 전체에서 발생하는 뚜렷한 생태적 특징이라고 한다.[2]

소나무는 오래전부터 한국에 자생하며 척박한 땅을 일궈낸 개척자였다. 토질이 점차 회복되면서 참나무 등이 정착하기 시작했을 것이고 같은 환경 조건이라면 비교적 그늘에서도 잘 자라는 참나무에 비해 소나무가 불리하다. 땅이 척박할수록 생존경쟁에 유리한 것은 소나무의 아이러니이며 얄궂은 운명이다. 소나무는 점차 숲 가장자리나 비탈진 곳으로 쫓겨나는 신세가 되고 있다.

배재수 등이 쓴 「한국인과 소나무」라는 연구 보고서에 의하면 지난 35년간 침엽수는 10% 이상 감소했지만 활엽수는 15% 정도 증가했다고 한다.[3] 이 중에는 소나무와 참나무의 증감 비중이 가장 클 것으로 짐작된다. 또한 산림면적이 넓고 소나무가 밀집해 있는 강원과 경북 지역에서 지난 30년간 어린 소나무의 비율이 급격히 감소했다는 연구도 있다.[4]

이런 현상이 꼭 참나무 때문만은 아닐 것이고 기후변화나 병충해 등 다양한 요인이 작용했겠지만 어쨌든 소나무 입장에선 어린 꿈나무가 감소하는 현실에 걱정이 클 것이다.

우리 동네 뒷산에도 소나무 숲에서는 드문드문 어린 참나무가 기를 쓰며 자라지만 참나무가 우거져 햇빛이 가려진 곳에선 어린 소나무를 찾아볼 수 없다. 솔잎의 독성 때문에 소나무 낙엽이 쌓인 곳에선 식물의 씨앗이 발아하기 어렵고 곤충들도 꺼린다지만 뒷산에는 어린 참나무가 보란 듯이 자라고 있다. 청설모가 땅을 파고 숨겨놓은 도토리가 싹을 틔운 것일까?

소나무는 병충해와도 전쟁을 치르는 중이다. 소나무의 해충 피해 역사를 보면 1970년대까지는 송충이가 가장 큰 피해를 줬다. 이후 솔잎혹파리가 유입되어 피해를 주다가 감소하였으며 지금은 1988년 전염

된 소나무재선충병이 확산하면서 큰 피해를 주고 있다.[5]

소나무재선충병은 1905년 일본에서 처음 발생하여 소나무를 초토화했는데 그 후 일본은 인공조림으로 복원 중이다. 우리나라에서는 서울올림픽이 열렸던 1988년 부산 동래구 금정산에서 처음 발견되었고 2010년대 들어서면서 급격히 북상 중이며 머지않아 한반도 전역으로 확산될 전망이다.[6]

소나무재선충은 길이 1mm 내외의 가는 실처럼 생긴 선충으로 자체 이동은 못하고 매개충인 북방수염하늘소와 솔수염하늘소에 의해 다른 나무로 옮겨져 발병된다.[7] 한 번 감염되면 수개월 내에 100% 고사하기 때문에 소나무 에이즈로 불린다. 주로 소나무와 곰솔 그리고 잣나무에 큰 피해를 주고 있다.

소나무는 기후변화와도 전쟁 중이다. 지금 수준으로 온실가스를 계속 배출할 경우 2050년 정도면 우리나라 대부분 지역에서 소나무 숲이 쇠퇴하고 2090년이면 강원도 일부 산간 지역에만 소나무 숲이 생존할 것으로 예측한다.[8]

기후변화로 기온이 상승하면 북방수염하늘소와 솔수염하늘소의 번식이 왕성하여 소나무재선충병도 증가할 것으로 예측한다.[9]

탄소중립 시대에 늙은 나무는 탄소 흡수량이 떨어진다는 이유로 베어내고 어린나무로 교체해야 한다는 주장도 있지만 이 역시 나무만 보고 숲을 보지 못하는 발상이다. 오래된 숲일수록 탄소 저장량이 많고 뿌리로 공생하며 토양과 생태계에 미치는 영향을 고려하면 함부로 베어서는 안 될 것이다.

소나무는 토착 수종이며 개척 수종이고 우리나라 제1의 수종이다. 산림청에서 발간한 산림임업통계 자료에 따르면 우리나라 전 국토 중 산림이 차지하는 비율이 63%인데 그중 소나무와 곰솔(해송)이 25%로 가장 많고 그다음이 참나무로 16%이며 낙엽송, 리기다소나무, 잣나무 순이다.[10]

소나무는 인류가 탄생하기 이전부터 한반도에 자생해온 토종 나무다. 국민이 가장 좋아하고, 척박한 땅을 개척하며, 우리나라 산을 대표하는 제1의 소나무가 참나무에 밀리고, 소나무재선충에 말라 죽고, 기후변화로 삶의 터전을 잃어가고 있다. 소나무의 운명은 어떻게 될까?

※ 참나무의 정확한 표현은 '참나무 종류'로 해야 하지만 이 글에서는 가독성을 높이기 위해 그냥 '참나무'로 표기했다.

가시를 사랑한 아카시나무

소나무 다음으로 친근한 나무가 아카시나무다.

아카시향은 배고팠던 시절의 고향 풍경을 떠올린다. 1960년대 후반 강원도 평창에서 초등학교에 다녔다. 시골집에서 읍내 학교까지는 십 리나 되었고 매일 걸어서 등하교했는데 학교 가는 길 중간쯤인 동구 밖엔 과수원이 있었고 울타리로 아카시나무가 빼곡히 둘려 있었다.

5월이면 그 길을 오갈 때마다 아카시꽃 향기가 코를 찔렀다. 그 시절 시골에선 아카시꽃 필 무렵이 보릿고개를 넘는 막바지 시기였다. 빈 도시락 속에서 숟가락 부딪는 소리가 "달그락달그락" 요란했던 하굣길 엔 늘 허기졌다. 동무들과 아카시 꽃송이를 따서 통째로 입에 넣고 앞 니로 쭉 훑으면 달콤하면서도 쌉싸래한 꽃잎이 입안 가득했다.

고등학교 때 춘천으로 유학을 왔는데 그때쯤 아카시꽃의 주제가라 할만한 '과수원길'이라는 노래 나왔다. 그 노래를 처음 듣는 순간 어쩜 그렇게 옛 고향에서의 풍경과 똑같은 느낌이었는지 신기할 정도 였다.

수없이 흥얼거렸던 그 노래의 첫 소절을 오늘 또 읊조려 본다. "♪동 구 밖 과수원길 아카시아꽃이 활짝 폈네~♬"

아카시나무가 우리나라에 처음 들어온 것은 1891년 일본인이 중국 북경에서 묘목을 가져와 인천의 한 공원에 심으면서부터라고 전한다.[11]

과수원길이라는 동요의 노랫말에서 보듯 우리나라에서는 상당 기간 아카시를 '아카시아'로 불렸는데 정확한 표현은 '아카시나무'다. 국립산림과학원에서 발간한 「국내 아카시나무 임분 탐색 및 우량 개체 선발」(임혜민 등)에 보면 아카시나무는 콩과(Leguminosae)이고 아카시아는 미모사아과(Mimosoideae)로 종 자체가 다르다.[12] 아카시아의 생육조건은 우리나라 풍토에 안 맞아 극히 일부 식물원에서만 찾아볼 수 있다고 한다.

아카시나무가 아카시아로 불린 것은 영어 명칭에서 유래된 듯하다. 아카시의 학명이 'Robinia pseudo acacia'인데 Robinia는 식물 분류 체계의 아카시아속을 나타내는 말이고 그다음이 나무 이름인데 접두어 pseudo는 '가짜'라는 뜻이다. 즉 '가짜 아카시아'에서 그냥 편하게 '아카시아'로 부르게 된 것이 아닐지 추측해 본다. 가짜 아카시아의 진짜 이름은 '아카시나무'인 셈이다.

하얀 꽃이 피는 아카시나무와는 달리 분홍 꽃이 피는 꽃아카시나무가 있는데 1920년경 미국에서 들어와 관상용 나무로 퍼졌다고 한다.[13]

아카시나무는 우리나라 산림을 회복시키는데 크게 기여한 고마운 나무다. 척박한 땅에서도 속성으로 자라고 목재도 단단하여 땔감용으로 쓰이면서 자연스럽게 소나무를 보호하는 역할도 했다.

아카시 열매가 콩꼬투리를 닮은 것은 아카시나무가 콩과 식물이기 때문이다. 아카시나무의 뿌리혹박테리아는 공기 중의 질소를 고정하여 땅을 비옥하게 만들므로 다른 식물의 생태에 유익한 개척 수종이다. 특히 아카시꽃은 최고의 밀원 역할을 해왔는데 우리나라 꿀 생산의 70%를 차지한다고 한다.[14)

이런 장점에도 불구하고 예전엔 아카시나무를 몹시 싫어했다. 일본에서 우리나라 산림 생태계를 망가뜨릴 목적으로 퍼뜨린 나무라고도 했고, 소나무에 해를 끼치는 나무이며, 무덤가에 심으면 뿌리가 시신을 돌돌 감싼다는 등 근거 없는 소문으로 혐오하면서 보이는 대로 베어내고 땔감으로 사용했다.

어린 시절 아카시나무를 베어서 아궁이에 넣고 불을 때면 소나무보다 더 잘 타고 연기도 덜 났다. 다만 어린 아카시나무는 가시가 많아 찔리기 일쑤였지만 "타닥타닥" 탈 때 은은히 번지는 고소한 향은 태워본 사람만 안다.

내가 다니는 산책로에도 아카시나무가 많다. 밤나무 과수원에 있는 몇 그루를 제외하면 대부분의 아카시나무는 숲 가장자리나 초입새의 도로변, 절개지의 비탈 등 언제나 쓸모없어 보이는 땅에서 무성하게 군락을 이루며 탐스러운 꽃을 피우고 열매도 주렁주렁 매단다.

뒷산에서 밑동이 가장 굵고 오래된 나무가 아카시나무와 굴참나무다. 캐나다의 산림 생태학자 수잔 시마드의 표현을 빌린다면 고목으로 자란 아카시나무와 굴참나무는 뒷동산 생태계의 '어머니 나무'인 셈이다.

사람들이 아카시나무를 싫어하는 이유 중에는 가시도 있을 것이다.

그러나 나는 그 가시 때문에 아카시나무에 특별히 정이 간다. 내 마음속에도 가시가 많기 때문이다. 살면서 그 가시 때문에 상처를 주고 상처를 받기도 했다.

아카시나무는 어린 시절 생긴 가시를 성장하면서 지워버리고 대신 향기로운 꽃을 피우고 달콤한 꿀을 만들어 수많은 벌이 찾아와 사랑 노래를 부르지만, 내 마음속에 돋아난 가시는 쉽게 사라지지 않았다. 늘 가시로 찌르고 가시에 찔리며 가시처럼 외로웠다.

아카시 꽃말이 '아름다운 우정과 청순한 사랑'이라는데 나는 그런 우정과 사랑을 해본 적이 있던가? 수없이 그리워했던 그 소절이다. "♪동구 밖 과수원길 아카시아꽃이 활짝 폈네~♬" 달콤하고 향기로운 마음의 꽃을 활짝 피워보고 싶다.

살구나무 많은 집

마음에 새겨진 나의 나무는 살구나무다.

예전 고향 집엔 살구나무가 많았다. 앞마당부터 울타리를 빙 둘러 뒷마당까지 큰 나무가 여러 그루 있었다. 농업직 공무원이셨던 아버님께서는 나무 심기를 좋아하셔서 집터 빈 곳이나 텃밭 가장자리에 과일나무를 많이 심으셨다. 살구나무 외에도 자두, 고야, 앵두, 배, 밤나무 등이 함께 자랐다.

살구꽃이 활짝 핀 봄날, 밤에 화장실을 가려고 문을 열면 달빛에 반사된 살구꽃으로 마당이 훤했다. 가지가 부러질 만큼 누런 살구가 주렁주렁 익어갈 때면 마음마저 든든했다. 우리 집은 근동에서 '살구나무 많은 집'으로 불렸다.

살구나무도 여러 종류가 있었던 것으로 기억된다. 굵고 노란 살구도 있었고 작고 주황색이면서 붉은 점이 있는 살구도 있었다. 큰 살구는 과육이 단단하고 신맛이 있지만 작은 것은 홍시처럼 말랑말랑하며 단맛이 났다. 할머님께서는 살구를 팔기도 했고 혼자 사시는 분들께 나누어 주시기도 했다. 살구씨는 약용으로 쓰여 버리지 않고 별도로 모아 두었다.

고향 집은 신작로가의 외딴집이었다. 토담 옆에는 읍내에서 4km 되는 지점을 나타내는 측량 푯말이 있었다. 우리 집을 지나 신작로를 따라 쭉 올라가면서 좌우로 집들이 옹기종기 모여 있는 마을이 듬성듬성 있었다.

아버님께서는 관내 면사무소로 전근이 잦으셨고 어머님과 동생들은 함께 다녔지만, 장남인 나는 읍내의 큰 학교에 다녀야 한다면서 할아버님 집에 남게 되었다. 나는 혼자 지내는 것이 싫었고 주말이면 어머님이 보고 싶어 작은 발걸음으로 수십 리 길을 타박타박 걸어 이웃 면 소재지를 찾아가곤 했다.

그 당시는 시내버스가 없던 시절이라 모두 걸어서 통학했다. 아이들이 신작로를 걸어서 학교를 오갈 때마다 우리 집을 지나쳐야 했고, 어른들은 5일마다 서는 장날 읍내를 다녀올 때면 우리 집 대청마루에 걸터앉아 쉬어가곤 했다.

방과 후 읍내 학교에서 우리 집까지 걸어올 때쯤이면 뱃가죽이 등에 붙을 만큼 허기가 지곤 했는데 살구가 익을 무렵이면 아이들은 절대 그냥 지나치지 않았다. 미리 준비한 물매라는 짤막한 몽둥이를 살구나무 위로 던지면 아직 덜 익은 풋살구가 "후두두" 하며 떨어졌다. 할머님께서는 문을 열어젖히며 "야 이놈들아!"하고 소리쳤고 아이들은 살구를 주워 들고 줄행랑을 쳤다.

지금도 예전 고향 동무들을 만나면 '살구나무 많은 집'으로 기억하고 그 시절 살구 서리를 하던 얘기로 한바탕 웃음꽃을 피우곤 한다.

할아버님 댁은 넓은 마당이 있었고 울타리는 토담이었으며 대문은 따로 없었다. 토담 사이로 나 있는 입구는 신작로와 바로 연결되어 닭이든 개든 키우면 자동차에 치여 죽는 경우가 많았다.

신작로를 건너면 커다란 논이 있었고 그 논둑을 가로지르면 평창강이 흘렀다. 봄부터 가을까지 그 강에서 거의 매일 물고기를 잡았고 겨울이면 밑이 훤히 들여다보이는 어름을 제치며 외발 썰매를 타곤 했다.

사방에 논이 있고 나무로 빼곡한 초가집은 뱀이 참 많았다. 여름철엔 장독대든 울타리 밑이든 뱀과 함께 살았는데 한 번도 물리는 사고는 없었다.

신작로엔 가로수로 심은 미루나무가 하늘로 쭉 뻗어 일정한 간격으로 길게 이어졌고 한여름엔 나무 꼭대기에서 말매미가 길게 울었다. 매미도 좋아하는 나무가 따로 있었는지 집안의 살구나무엔 주로 참매미와 쓰름매미가 차지했다. "세~알 세~알" 울던 쓰름매미를 평창에선 '쎄알 매미'라 불렀다.

학교에서 돌아오면 할아버님과 할머님은 농사일에 바쁘셨고 나는 외딴집에서 늘 혼자 지내곤 했다. 특히 가을걷이가 한창인 늦가을이면 바지랑대 꼭대기에 앉아 있던 고추잠자리와 함께 사무치도록 외롭던 기억이 있다.

한겨울엔 꽁꽁 얼어붙은 강에서 썰매를 탔다. 늦가을이면 월동 준비로 처마 밑에 장작을 그득하게 쌓아 놓는데 가끔 별난 암탉이 닭장 안의 둥지를 떠나 장작더미 으슥한 곳에 알을 낳곤 했다. 우연히 그곳을 발견하는 날은 가슴이 두근거릴 만큼 횡재였다. 많을 때는 한곳에서 대여섯 개가 발견되기도 했는데 할머님 몰래 숨겨놨다가 가위를 두드

리며 마을을 찾아오는 엿장수 아저씨께 엿이나 과자 종류와 바꿔 먹는 것이 그렇게 신났다.

어느 날은 몰래 찾은 달걀을 주머니에 넣고 강에서 썰매를 타다가 넘어져 알이 깨졌는데 까맣게 잊고 있었다. 집에 와서 화롯가 앉아 양말을 말리다가 주머니 속의 깨진 달걀이 화롯불의 열기에 계란찜 냄새를 풍기는 바람에 할머님께 들켰다. 훔친 것이 아니라 장작더미 속에서 찾은 상황을 설명해 드렸고 그 후로는 닭들이 몰래 숨겨 놓은 계란을 더 이상 찾지 못했다.

고향 집에서의 추억엔 힘든 부분도 있었다. 그 당시에는 집안 어른들의 다툼이 참 많았는데 경조사나 명절, 제사 등으로 한데 모이기만 하면 큰 싸움이 벌어지곤 했다. 어른들 싸움은 아이들에게 큰 상처가 되었다.

중학교에 입학하면서 읍내로 이사를 했고 고등학교 때는 고향을 떠나 춘천에서 보냈다. 서울서 대학에 다니고 직장생활을 할 때 명절이 다가오면 이런저런 핑계를 대며 고향에 가지 않았다. 지금도 명절보다는 주말이 더 좋다. 고향 집은 오래전 큰 도로가 생기면서 흔적도 없이 사라졌다. 50여 년이 흘렀다.

마음속에 새겨진 나무가 있다면 살구나무다. 초여름 우리 동네 번개시장 좌판에서 누렇고 굵직한 살구를 볼 때면 달콤하면서도 시큼했던 '살구나무 많은 집'의 추억이 떠오른다. 찬란하게 아름다웠던 자연의 풍광 속에 작고 까맣게 그을린 외로운 소년이 어른거린다. 아리면서도 그리운 묘한 감정이 스민다.

산림의 보물창고 강원도

21세기는 산림복지의 시대다.

숲의 기능에 대한 국민적 관심과 수요가 증가하면서 휴양과 치유를 위한 가치 창출에 많은 노력을 기울이고 있다. 쉴 틈 없이 바쁘고 치열하게 경쟁하기보다는 덜 소유하더라도 자연 친화적이고 여유 있는 삶을 추구하는 시대다.

산림복지의 비중이 커지면서 숲을 특화한 생애 주기별 프로그램도 실행되고 있다. 예를 들면, 출생기의 숲태교를 시작으로 유아숲체험, 청소년의 산림 체험과 레포츠, 중장년의 산림휴양, 노년기의 산림치유 및 요양 그리고 회년기의 영원한 안식인 수목장림까지 바야흐로 맞춤형 산림복지의 시대다.

정부에서도 2005년 「산림문화·휴양에 관한 법률」이 제정되었고, 2016년 「산림복지 진흥에 관한 법률」이 시행되면서 온 국민이 산림복지의 혜택을 누릴 수 있도록 활성화하고 있다. 숲이 새로운 경제 가치로 부각되면서 지자체도 산림치유를 위한 숲의 개발에 큰 노력과 예산을 투자하고 있다.

우리나라는 전 국토의 63%가 산림이고 숲의 울창함을 나타내는 면

적당 평균 임목축적량은 165(m³/ha)다. 강원도의 산림률은 82%이고 임목축적량은 184로 우리나라 지자체 중 산이 가장 많고 울창하다.[15)]

산이 많은 강원도는 산림 휴양지로 으뜸이다. 자연휴양림, 삼림욕장, 치유의 숲 등을 체계적으로 관리하고 있고 각종 콘텐츠 개발과 인프라 구축에 많은 노력과 예산을 투자하고 있다.

숲은 탄소중립 시대에 그 가치가 더욱 중요해졌다. 산림률과 임목축적량이 가장 높은 강원도는 가장 많은 산소를 생산하고 한편으론 가장 많은 온실가스를 흡수할 것이다.

아래의 내용은 산림휴양법, 산림복지법, 산림청 홈페이지의 자료를 참조하여 작성한 것이다.[16),17),18)] 전체 윤곽을 파악하는데 주안점을 두었으며 인용된 숫자는 실제와 다소 차이가 있을 수 있다.

국립자연휴양림은 전국에서 46곳이 운영 중인데 강원도에는 12개소로 가장 많다. 춘천 용화산, 정선 가리왕산, 평창 두타산, 횡성 청태산, 인제 방태산과 용대자연휴양림, 홍천 삼봉자연휴양림, 철원 복주산, 원주 백운산, 양양 미천골자연휴양림, 강릉 대관령자연휴양림, 삼척 검봉산 등이 있다.

지자체에서 운영하는 자연휴양림도 춘천의 집다리골 휴양림을 비롯해 원주의 치악산 자연휴양림 등 11개소나 된다. 삼림욕장은 춘천의 대룡산과 금병산 등 총 36개소가 운영되고 있다.

국립 치유의 숲은 전국 10곳 중 강원도에 횡성의 청태산과 평창의 대관령 치유의 숲이 있고, 지자체에서 운영하는 공립 치유의 숲으로는 영월 중동면의 망경대 치유의 숲과 삼척 미로면의 활기 치유의 숲이 있다.

수목원은 전국에 국립 4개소와 공립 36개소가 있는데 강원도에는 대관령의 국립한국자생식물원이 있고, 공립으로는 춘천의 도립 화목원을 비롯해 강릉 솔향수목원, 정선 백두대간생태수목원, 원주 문막 동화마을수목원, 홍천 무궁화수목원, 양구 수목원 등 6곳으로 경기도와 함께 가장 많다.

국립 숲체원도 전국 7곳 중 2곳이 강원도에 있다. 횡성과 춘천에 있는 숲체원에서는 시민이 참여하여 숲을 체험하고 각종 회의나 세미나, 전시회 등을 할 수 있는 숲 관련 종합 연수원 같은 곳이다.

전국의 국유림 명품숲 50개소 중 강원도에는 15개소로 가장 많이 보유하고 있다. 동해 두타산의 무릉계곡 숲, 평창 대관령면의 발왕산 생태숲과 특수조림지, 인제 점봉산 곰배령과 자작나무숲, 방태산 아침가리숲, 양구 DMZ 펀치볼숲, 고성 설악산 향로봉, 홍천 계방산 운두령과 가리산 잣나무숲, 춘천 남산면 방하리 굴참나무숲, 영월 함백산 하늘숲, 태화산 경관숲, 강릉 대관령 소나무숲, 횡성 상안리 낙엽송숲이 있다.

이 외에도 춘천의 실레이야기 길을 비롯해 강원도 18개 시군에서는 '명품 산소길 18선'을 선정하여 운영하는 등 산림자원을 활용한 다양한 프로그램들이 개발 중이다.

산림의 공익 기능은 다양하다. 국립산림과학원의 자료에 의하면 산림은 토사유출 및 붕괴 방지, 수원함양, 정수효과, 아름다운 경관, 산소 생산, 대기질 개선, 열섬 완화, 산림휴양 및 치유, 생물다양성, 온실가스인 이산화탄소의 흡수 등 12가지의 공익 기능이 있으며 이를 경제 가치로 평가하면 총 260조 원에 달한다고 한다. 이는 국민 1인당 연간 약 500만 원의 혜택을 받는 셈이다.[19]

강원도의 맑은 물과 울창한 숲은 최고의 자산이다. 숲의 미래 가치는 무궁무진하며 탄소중립 시대에 그 중요성은 더욱 강조되고 있다. 21세기는 숲에 대한 새로운 가치 창출과 디자인이 요구되는 시대다. 강원도가 그 중심에 우뚝 서기를 기대해 본다.

* 강원도는 2023년 6월 11일 '강원특별자치도'로 새로 출범하였다. 내용 중 강원특별자치도를 편의상 강원도로 표기하였다.

잊지 말자, 산림녹화

문명 뒤에는 숲의 희생이 있었다.

풍부한 수자원과 울창한 숲은 생명이 살아가는 데 필수적인 요소다. 초기 인류도 나무가 울창한 숲에서 식량과 연료와 주거를 해결했을 것이다. 정착 생활이 시작되면서 숲이 농경지로 바뀌었고 식량 생산의 증가는 다시 인구 증가로 이어지면서 점점 더 많은 숲이 사라지는 악순환이 반복되었다.

문명이 발달하면서 인간에 의한 숲의 지배는 더욱 확대되고 가속화되면서 지구촌 곳곳에서 수억 년간 유지되어 왔던 천연 숲이 파괴되어 왔다. 학창 시절 귀가 닳도록 배웠던 인류의 4대 문명 발상지도 처음에는 강과 숲이 울창한 곳이었을 것으로 추측되지만 지금은 대부분 사막으로 남아있다. 프랑스의 작가 샤토브리앙은 '문명 앞에는 숲이 있고, 문명 뒤에는 사막이 남는다.'고 했는데 이 짧은 문장에 인류의 뼈를 때리는 경고의 메시지가 담겨 있다.

우리나라의 숲도 많은 격랑을 겪었다. 지난 수천 년 동안 숲이 농경지로 바뀌었고 수많은 나무가 땔감과 목재로 사용되었다.

20세기에 들어와서는 일제 강점기를 겪으면서 삼천리금수강산의 아름드리 거목들이 각종 명목으로 베어져 나갔고, 해방 이후 식목일 행사를 하면서 헐벗은 산림을 복원하고자 노력하였으나 한국전쟁의 발발로 산은 또 한 번 큰 시련을 겪으면서 벌거숭이로 변했다.

전쟁이 끝나고 본격적인 산림 복구를 위해 1961년 산림법을 제정하였고 1967년 산림청을 개청하였다. 1973년부터 제1차 치산녹화 사업을 시작하여 온 국민이 '나무 심기' 운동을 전개하였고 1977년에는 나무를 사랑하고 국토 녹화를 위해 매년 11월 첫 번째 토요일을 '육림의 날'로 제정하였으며 제4차 녹화사업까지 30여 년간 100억 그루 이상의 나무를 심었다.

제4차 사업부터는 치산녹화란 용어를 '산림기본계획'으로 바꾸었고 2018년부터 2037년까지 제6차 산림기본계획이 실행 중이다.[20]

국립산림과학원의 자료에 의하면 1960년부터 2020년까지 약 118억 그루의 나무를 심었는데 낙엽송이 가장 많았고 그다음이 리기다소나무, 아까시나무, 잣나무, 산오리나무, 편백, 이태리포플러 순이었다.[21]

토착 수종이자 개척 수종인 소나무는 조림하지 않아도 척박한 땅에서 스스로 잘 자라면서 헐벗은 산림의 자연 회복에 중요한 역할을 해왔다.[22]

내가 다니는 산책로에도 오래전에 식목한 리기다소나무, 잣나무, 아카시나무 등이 튼실하게 자라고 있고 자연산 소나무와 참나무 종류가 울창하다. 1960년대 고향인 평창에서는 신작로의 가로수로 포플러가 줄지어 심겨 있었지만 포장도로가 생기면서 자취를 감추었다.

산림기본통계 자료에 의하면 2020년을 기준으로 우리나라 전 국토의 약 63%가 산림이다. 나무의 종류를 나타내는 임상별 분포는 침엽수 39%, 활엽수 33%, 혼효림 28%다. 수령은 30~50년 된 나무가 전체의 70~80%로 대부분 제1차 치산녹화 사업 이후에 조성된 것임을 알 수 있다.[23]

숲의 울창함이나 빽빽함을 나타내는 산림 면적당 평균 임목 축적량(m^3/ha)은 1972년 11정도 수준이었으나 1973년 제1차 치산녹화 사업이 시작되면서 꾸준히 증가하여 2020년 165로 15배나 증가하였다.[24]

우리나라 국토의 산림률은 OECD 회원국 중 핀란드, 스웨덴, 일본 다음으로 높은 4위에 해당한다. 그러나 숲의 울창함을 나타내는 평균 임목 축적량은 2020년 현재 뉴질랜드가 419로 가장 높고 우리나라는 165로 23위다. 스위스가 354 정도이고 가장 낮은 곳은 얼음의 땅이라 불리는 아이슬란드로 16 이다.[25]

한국은 세계에서 조림 사업에 성공한 나라로 꼽는다. 치산녹화 사업이 성공한 데는 연탄 보급과 함께 경제개발로 농촌 인구가 도시로 이동하면서 땔감으로 인한 산림의 황폐화가 줄어든 것도 큰 역할을 했다는 분석이다.[26]

녹화사업으로 강산이 푸르게 변하는 동안 국민 소득도 100달러 이하 수준에서 3만 달러 이상으로 증가하여 선진국이 되었고 산림의 가치 중심도 치산녹화에서 산림복지로 전환되고 있다.

우리나라의 국토 녹화사업 성공 사례는 국제 학술지 등에 소개되고 있고 아시아, 남미, 아프리카 등 많은 국가에서 한국을 벤치마킹하고 있다. 이렇듯 울창한 숲이 있기까지는 1960~70년대 헐벗은 국토를 녹화하기 위해 "애국가를 부르며 산으로 가자!"라는 구호를 외치며 절박한 심정으로 '나무심기' 운동을 전개했던 산림 종사자들의 노고와 국민의 애국심이 있었다.[27] 민둥산의 심장을 다시 뛰게 한 그분들의 뜨거운 가슴을 잊지 말아야겠다.

숲은 인류의 미래 가치이며 희망이다. 또한 탄소중립 시대에 기후변화를 예방하는 환경 자원의 가치도 중요시되고 있다. 한국의 성공적인 국토녹화사업이 지구촌 곳곳에 녹색 물결로 번져 나가길 바란다.

제 5 부

기후변화와 숲

날씨가 심상찮다

기후변화에 대하여

탄소중립과 숲의 역할

나무의 탄소 흡수량

기후변화에 취약한 나무

숲을 괴롭히는 산성비

대형 산불은 온실가스 폭탄

기후변화와 사과나무

탄소중립과 녹색생활

날씨가 심상찮다

날씨가 갈수록 더워진다.

올 여름엔 정말 더위와 사투를 벌였다. 에어컨을 가동하느라 우리 집 전기 사용료도 역대급으로 가장 많이 나왔다. 국가 전체 사용량도 그럴 것 같다.

겨울에도 비가 오는 날이 늘어나고 봄꽃의 개화 시기가 빨라지거나 한 해에 같은 꽃이 두 번 피는 현상도 점점 익숙해지고 있다.

2020년 1월 7일은 한겨울인 소한(小寒) 다음날이었지만 전국의 평균 기온이 영상 9℃ 가까이 올라갔고 제주의 낮 최고 기온은 23℃까지 올랐다. 이날 전국적으로 겨울비가 내렸는데 평균 강우량이 40mm가 넘었다.[1] 2023년 12월 11일 강원도 지방에 호우 특보가 내려졌다. 물론 산간 지역엔 대설 특보도 함께 발령되었다. 예전엔 '대한(大寒)이 소한(小寒) 집에 놀러 갔다가 얼어 죽었다'는 말이 있을 만큼 겨울 추위가 맹위를 떨쳤지만, 요즘엔 영상 기온에 비까지 내릴 만큼 날씨가 심상찮다.

지구촌의 날씨도 마찬가지다. 전에 경험해 보지 못했던 기상 이변의 빈도가 잦아지고 그 강도 역시 관측 이래 최고 수준을 경신하고 있다.

그린란드는 대서양 최북단에 있는 세계 최대의 섬으로 덴마크의 영토다. 해발 3,000m 이상인 그린란드의 산 정상은 한여름에도 영하 10℃ 정도를 유지할 만큼 사철 빙하로 덮여있는데 2021년 8월 14일 무려 9시간 동안 기온이 영상으로 올라갔고 기상관측 사상 처음으로 비가 내렸다.[2] 빙하가 녹으면 차가운 담수가 바다로 유입되면서 해류의 순환 속도가 바뀌어 지구촌 곳곳에 가뭄과 홍수 등 갖가지 기상이변을 발생시킬 수 있다.

한편, 시베리아의 영구 동토층이 녹으면 엄청난 양의 메탄가스가 방출될 수 있는데 이는 이산화탄소보다 28배나 강력한 온실효과를 불러온다. 게다가 인간이 전혀 경험해 보지 못한 공룡시대에나 존재했던 위험한 바이러스가 묻혀있을 수 있다. 실제로 2016년 시베리아의 얼어붙은 땅속에 갇혀있던 탄저균이 깨어나 순록 2천3백여 마리가 떼죽음을 당하기도 했다.[3]

우리나라의 온난화 현상은 지구 전체의 평균보다 더 빠르게 진행되고 있다.

지난 100년간 연평균 기온이 높았던 연도를 순서대로 나열했을 때 10위권 안에 2015년 이후의 기온 상승값이 7번이나 들어갈 정도로 온난화 현상이 가속화되고 있다.[4] 33℃ 이상 폭염 일수도 최근 10년 사이에 2배 이상 늘어났으며 2018년 8월에는 강원도 홍천에서 기상관측 이래 처음으로 41℃를 기록하기도 했다.[5]

기상청에서 우리나라의 기후를 분석한 자료에 의하면 지난 100년 동안 여름은 평균 20일이 길어졌고 겨울은 22일 정도 짧아졌다. 계절이 시작되는 시기도 점점 빨라져 봄은 2월로 앞당겨지고 여름은 5월에 시작하여 9월까지 길게 이어질 전망이다.[6]

기온 외에도 폭우, 폭설, 가뭄 등 기상 이변이 자주 발생하고 한여름 더위를 상징하던 삼복더위가 시도 때도 없이 찾아오면서 6월부터 30도 이상의 무더위가 시작되어 추석 때까지 지속된다. 한겨울에 삼한사온이 사라진지 오래고, 장마와 태풍의 패턴도 더 길고 더 강한 형태로 바뀔 것으로 예측된다.

연평균 기온이 높아지면서 농업, 축산, 수산, 산림 등에서 식생 변화나 종의 감소 등 다양한 징후가 나타나고 있다.

일교차가 큰 강원도의 고랭지 배추밭이 사과밭으로 바뀌었고 사과가 북상한 남쪽 지방에선 올리브, 망고 등 아열대 과일이 재배되고 있다.[7]

바다도 예외는 아니다. 동해안의 대표적인 한류성 어종인 명태는 1980년대 이후 자취를 감추었고 대신 난류성 어종인 고등어와 멸치, 방어, 삼치 등의 어획량이 늘고 있다. 양식어업도 수온 상승으로 집단 폐사가 증가하고 있다.[8]

더위는 가축에게도 큰 고통이다. 더위에 가장 약한 가축이 닭인데 매년 더위로 수백만 마리가 폐사되고 있다.[9]

산림 분야도 북방한계선이 올라가고 남쪽 지방에서 자라던 나무들이 북상하면서 식생대가 바뀌고 있다. 고도에 따라서도 수목 한계선이 고산 지역으로 수직 이동하면서 빙산의 일각처럼 좁아져 섬처럼 고립된다. 특히 구상나무, 가문비나무 같은 추위에 강한 침엽수의 피해가 크다.[10]

봄꽃의 개화 시기가 빨라지는 것은 이제 상식처럼 되었고, 이상 기온으로 날씨의 기록이 경신되는 횟수도 잦아지고 있다. 몇십년 만의 '가장 더운 여름'이나 '가장 포근한 겨울'이란 수식어가 점점 익숙해지고 있다. 이런 추세라면 머지않아 우리나라 대부분 지역이 아열대 기후로 바뀔 것이다.

지구촌의 기후변화를 부추기는 가장 큰 원인은 인간의 욕망이다. 상업에 편승한 '더'의 중독에서 벗어나 '지금'에 만족해야 한다. 10년 전에 욕망했던 더 편하고, 더 빠르고, 더 고급스런 것을 지금 누리고 있잖은가? 욕망은 끝이 없고 그 끝은 공멸뿐이다. 돌아갈 수 없다면 멈추기라도 해야 한다.

기후변화에 대하여

하나뿐인 지구!

지구의 어머니는 태양이다. 태양은 지구를 비롯한 8개의 큰 행성과 수천 개의 소행성과 위성을 탄생시켰다. 지구는 태양계의 3번째 행성이다. 2번째인 금성은 불덩어리고 4번째 화성은 얼음덩어리이니 지구는 딱 골디락스 존(goldilocks zone)이다. 지금까지 밝혀진 바로는 태양계에서 유일하게 생명이 살고 비가 내리는 하나뿐인 행성이다.

지구도 처음엔 불덩어리였을 것이다. 지금도 땅속 깊은 곳엔 암석까지 녹일 만큼 뜨겁고 시뻘건 마그마가 펄펄 끓고 있다. 가끔 밖으로 분출되면 화산 폭발이라 하고 식어서 굳으면 화성암이 된다.

먼 옛날 불덩어리였던 지구 표면이 어떻게 식었는지는 알 수 없다. 또 비는 어떻게 만들어졌고 언제부터 내렸는지도 미스터리다. 어쩌면 우주에서 미아처럼 떠돌던 얼음별이 지구와 충돌하면서 비가 시작되었는지도 모른다.

어떻든 아주 오래전에 지구에는 엄청난 양의 비가 수십 년에서 어쩌면 수백 년 동안 쏟아졌을 것이다. 그 결과로 물웅덩이가 생기고 물길이 만들어져 강이 되고 서로 합치고 커지면서 바다가 탄생했을 수 있다. 그러나 이 모든 것은 추측일 뿐 정확한 사실을 누가 알겠는가?

지구의 기온은 태양열에서 온다. 지구가 지금처럼 적당한 온도를 유지할 수 있는 것은 지구를 둘러싸고 있는 가스층 때문이다. 물론, 가스층 외에도 대용량의 열을 저장할 수 있는 바다를 비롯해 복잡한 지구공학적 시스템이 작용하겠지만 기후학자들이 공통으로 주장하는 가장 중요한 온도조절 장치는 지구를 둘러싸고 있는 가스층이다.

태양으로부터 오는 짧은 파장의 복사 에너지는 가스층을 통과하지만, 지구 자체에서 발생하는 긴 파장의 복사 에너지는 가스층에서 흡수하거나 반사되어 지구에서 발생하는 열 현상을 묶어 두는 셈이 된다.

지구를 에워싼 가스층이 마치 식물을 재배할 때 사용하는 비닐하우스와 같은 역할을 하므로 지구의 온도가 올라가는 현상을 온실효과라 부르고 그 기체를 온실가스라 한다. 대표적인 온실가스가 바로 이산화탄소다.

만약 지구와 태양 사이에 온실가스가 전혀 없다면 지구의 복사 에너지가 모두 방출되어 얼음 행성이 될 수도 있고, 반대로 온실가스층이 너무 두꺼워 복사열이 모두 갇히면 불덩어리 행성이 되어 생물이 멸종할 것이다.

45억 년의 지구 역사 중 온난화와 빙하기가 반복되면서 몇 번의 대멸종이 있었을 것으로 추정하는데 이런 자연현상은 몇 천 년에서 몇 만 년의 시간을 두고 서서히 진행되었을 것이다. 따라서 지구의 온도를 적당하게 유지하려면 이산화탄소로 대표되는 온실가스층의 두께를 알맞게 유지하는 것이 필요하다.

이산화탄소는 자연계에 존재하는 흔한 기체 중 하나이며 생명 활동을 통해 다양하게 순환되고 일부는 대기 중에 방출되어 온실가스층을 만들어 지구의 평균 기온을 잘 유지해 왔다. 그러나 산업이 발달하고 인위적인 이산화탄소 배출량이 증가하면서 지구의 탄소순환 균형이 깨지기 시작했다.

산업혁명 이후 오랫동안 땅속에 묻혀있던 석탄이나 석유 같은 화석연료를 마구 꺼내 쓰면서 마치 화산이 폭발하듯 이산화탄소가 대기 중으로 방출되었고 불과 200여 년 사이에 지구의 평균 기온이 급격히 올라가고 있다.

기후 과학자인 김백민 박사가 쓴 「우리는 결국 지구를 위한 답을 찾을 것이다」에 보면 지구의 평균 이산화탄소 농도가 산업혁명 이전 280ppm이었던 것이 2021년 416ppm까지 증가했고 지구의 평균 기온도 지난 수백 년 동안 13℃ 내외로 비교적 일정한 패턴을 유지해 오다가 최근 200년 사이에 마치 하키 스틱의 끝부분처럼 가파르게 올라 14℃를 넘고 있다.[11]

지구 전체의 평균 기온 1℃ 상승은 한 지역의 평균 기온과는 차원이 다른 문제다. 우리나라의 경우만 살펴봐도 환절기 때 아침과 저녁의 기온이 10℃ 이상 차이 날 때가 있고, 한여름과 한겨울의 기온 차이는 40~50℃까지 벌어지지만, 전국의 연평균 기온은 태연하게 13℃ 내외다.

지구 전체를 평균한 기온이 1℃ 이상 상승한다는 것은 지구촌 곳곳에서 폭염, 홍수, 가뭄 등의 기상 이변과 재난이 발생하고 있음을 전제로 한다.

더 심각한 것은 평균 기온의 상승 속도다. 45억 년의 지구 역사 중 평균 기온이 5~6℃까지 상승한 적이 몇 번 있었던 것으로 추정하는데 자연현상에서 이 정도의 온도까지 올라가려면 수천 년에서 수만 년까지 걸리기도 한다. 그런데 산업혁명 이후 불과 200여 년 사이에 평균 기온이 1℃ 이상 상승한 것은 지구 시스템에 고장이 났다는 경고다.

지금 가장 시급한 지구환경 문제는 기후위기다. 이대로 방치한다면 앞으로 1,000년 안에 평균 기온이 10℃ 이상 상승할 수 있고 인간을 비롯한 지구 대부분의 생물은 멸종할 것이다.

지구가 하나뿐인 것은 수많은 생명에 천만다행일 수 있다. 만약 달에도 물이 있고 생명이 살 수 있다면 지구는 지금쯤 어떻게 되었을까? 절절하게 지키기보다는 달나라로 이사 갈 생각부터 할 것이고 지구는 쓰레기가 넘쳐나고 환경 재앙과 기후변화로 수많은 생명이 멸종되고 죽어 가고 있을 것이다. 어쩌면 핵전쟁으로 이미 폐허가 됐을지도 모른다.

지구에서 생명 유지가 아닌 욕망을 위해 환경을 파괴하는 동물은 인간이 유일하다. 인간이 누리는 대부분은 지구에 함께 사는 다른 동식물의 희생으로부터 얻는다. 다른 생물의 입장에서 보면 지구촌에서 가장 불필요하고 위험한 동물이 인간일 것이다.

자연계의 생물은 욕망의 최대한이 아닌 최소한으로 살아간다. 그것이 지속 가능한 공존의 법칙이기 때문이다.

탄소중립과 숲의 역할

　21세기 지구촌의 화두는 탄소중립이다.

　기후변화를 일으키는 원인물질을 온실가스라 하는 데 가장 대표적인 성분이 이산화탄소다. 통상 줄여서 '탄소'라 한다. 이산화탄소(CO_2)는 탄소(C)가 포함된 유기물질이 연소하면서 공기 중의 산소(O)와 결합할 때 많이 생성되는데 자연현상 중에서는 화산이 폭발할 때 엄청난 양의 이산화탄소가 발생한다.

　나무를 연료로 사용하던 인류는 석탄으로 대표되는 화석연료를 사용하면서 획기적인 산업혁명을 이루었다. 농촌은 거대한 도시로 변했고, 농장은 공장으로, 마차는 자동차로 바뀌면서 땅속에 묻혀있던 탄소 덩어리들을 마구 꺼내 태웠다. 지금, 이 순간에도 지구촌 곳곳에서 화석연료를 태워서 뿜어내는 이산화탄소량을 모두 합하면 화산 폭발의 수십 배에 달한다고 한다.[12]

　지구를 둘러싼 공기층에 이산화탄소 농도가 급격히 상승하면서 마치 비닐하우스 같은 온실효과를 만들고 있다. 지구의 평균 기온이 가파르게 상승하면서 폭염, 폭우, 가뭄 등의 기상 이변으로 생태계가 위협받고 있다.

인류도 절박한 기후위기를 극복하기 위해 탄소와의 전쟁을 선포하였다. 2015년 파리기후협약이 체결되었고, 이어서 2018년 IPCC의 「지구온난화 1.5℃ 특별보고서」를 발간하였다. 지구의 평균 기온 상승치를 2℃ 이내로 묶어두어야 한다는 가이드라인이 제시되면서 2050년까지 지구촌이 탄소중립에 도달해야 한다는 소위 '2050 탄소중립'을 선언하게 되었다.

탄소중립이란 탄소의 배출량과 흡수량이 균형을 이루어 순 배출량을 제로(0)로 만드는 것이다. 에너지 사용, 산업발전, 교통 등에서 인위적인 배출량은 최대한 줄이면서 이미 배출된 이산화탄소는 숲을 통해 흡수량을 늘려야 한다.

국제사회에서 탄소중립은 이제 선택이 아닌 필수이며 전 세계 130여 개 이상의 국가에서 동참하고 있다. 우리나라도 2020년 10월에 '2050 탄소중립'을 선언했으며 2021년에는 「탄소중립기본법」을 제정하였다. 인류는 이제 한 번도 가보지 않은 험난한 길을 헤쳐 나가야 한다.

탄소중립에 도달하려면 우선 에너지원을 화석연료에서 원자력, 수력, 태양광, 풍력, 재생에너지 등으로 전환하는 에너지 혁명이 필요하다. 그중에서도 이산화탄소 배출은 최소화하면서 안전하고 지속 가능하며 에너지 밀도는 높은 연료가 수소다. 수소의 원료는 풍부한 바닷물이 될 수 있고 오염물질도 거의 없지만 아직은 경제성에서 해결해야 할 과제가 많다.

인류는 나무를 태우던 탄소(C) 시대에서 석탄이나 석유로 대표되는 탄화수소(CH) 시대를 거쳐 이제 수소(H) 시대로 옮겨가고 있다.[13]

대기 중의 이산화탄소가 흡수되는 메커니즘은 복잡하다. 이산화탄소는 물에 잘 녹는다. 바다에 녹거나 빗물에 씻겨 토양에 흡수되기도 하고 식물이 광합성 작용으로 흡수하기도 한다. 인간이 공기 중의 이산화탄소를 직접 포집하여 바다 밑에 저장하거나(CCS) 산업에 활용하는 기술(CCU)도 있지만 효율과 경제적인 측면에서 아직은 갈 길이 멀다.

인간이 화석연료를 사용하여 배출하는 이산화탄소를 100으로 가정했을 때 25%는 숲과 토양이 흡수하고 25%는 바다가 흡수한다는 보고도 있다.[14] 기후변화에 관한 정부 간 협의체인 IPCC에서는 이 두 흡수원을 각각 '그린카본(Green Carbon)'과 '블루카본(Blue Carbon)'으로 분류한다.

탄소중립을 달성하려면 일차적으로 탄소 배출을 줄여야 하고 한편으론 흡수량을 늘려야 하는데 바다나 토양에 흡수되는 양은 인위적으로 조정하기 어렵기 때문에 숲을 가꾸고 보전하여 탄소의 흡수를 늘리는 수밖에 없다.

지구 전체의 육지 면적에서 숲이 차지하는 비율은 30% 정도이며 육지의 생물체가 가지고 있는 전체 탄소 중 87%가 숲에 저장되어 있다.[15] 그런데 숲이 있던 곳에 도시가 생기고 열대우림은 고기를 얻기 위한 목초지로 개간되면서 지구촌의 숲이 계속 줄어들고 있다. 이산화탄소를 흡수했던 숲이 오히려 탄소를 배출하는 곳으로 바뀌고 있다.

또한 기후변화로 날씨가 고온 건조해지면서 산불이 자주 발생하여 숲을 태우면서 그동안 축적되어 있던 이산화탄소가 다시 대기 중으로 방출되어 기후변화를 유발하는 악순환이 반복되고 있다.

태초에 불모지였던 지구가 지금처럼 산소가 풍부하고 생명이 살 수 있는 행성이 되기까지는 수억년이 걸렸을 것이고 그 과정에 결정적인 역할을 한 것이 바다와 숲이다. 바다와 숲은 지구 생태계에 꼭 필요한 자원이고 생명의 원천이다. 인간의 욕망이 커질수록 그 역할은 더욱 절실해질 것이다.

지구도 하나의 거대한 생명체다. 자연스럽게 호흡도 하고 스스로 온도 조절을 하며 생명의 시스템을 잘 유지해 왔다. 그런데 언제부턴가 인간이라는 특별한 동물이 나타나면서 지구 시스템에 고장이 나기 시작했다.

지구에는 인간만 사는 것도 아니고 인간이 주인도 아닌데, 수많은 생물이 인간의 이기심 때문에 고통당하고 죽어가고 있다. 도대체 누가 인간에게 그런 권한을 주었단 말인가? 진정, 깨끗한 지구를 후손에게 물려주고 싶다면 인간 중심의 세계관에서 자연 중심의 세계관으로 바꾸어야 한다.

나무의 탄소 흡수량

　나무는 지구상에서 가장 위대한 생명체다. 무기물에서 유기물을 만드는 1차 생산자이며 미생물을 비롯해 초식동물부터 육식동물에 이르기까지 직간접적으로 수많은 동물을 먹여 살린다. 또한 나무는 광합성 작용으로 이산화탄소를 흡수하여 줄기. 가지, 잎, 뿌리 등 몸 전체에 저장하는 탄소창고 역할도 한다.

　여기서 궁금해진다. 도대체 나무의 탄소 흡수량은 얼마나 되고 그 계산은 어떻게 할까? 나무의 종류와 나이에 따라 탄소 흡수량이 다를 것이고, 그 계산도 어림잡아서 하는 개산(槪算)일 수밖에 없을 것이다.

　나무의 생체는 줄기, 잎 등의 지상부와 지하의 뿌리로 구성되는데 생체량을 바이오매스라 칭하기도 한다. 나무가 성장하는 것은 생체량이 증가하는 것이고 그것은 탄소 저장량이 늘어나는 것과 같다.

　산림생태학자 차윤정 박사가 쓴 「숲 생태학 강의」에는 숲 1헥타르에서 낙엽활엽수의 경우 1년에 10톤 이상의 바이오매스 양이 생산된다고 한다.[16]

　예를 들어 지난 1년간의 탄소 흡수량을 계산하려면 올해의 생체 무게에서 작년의 무게를 빼면 1년간 증가한 생체량이 계산된다. 여기에 나무의 종류에 따른 바이오매스 확장계수, 뿌리-지상부 비율, 탄소전환계수 등을 곱하여 1년간 흡수한 탄소량을 계산한다. 상세한 계산식은 국립산림과학원에서 발간한 소책자 「산림과 탄소 이야기」에 잘 나와 있다.[17]

국립산림과학원에서는 수령 10년부터 70년까지 나무의 종류별로 1년간 흡수하는 이산화탄소량을 조사한 결과가 있다. 생장이 왕성한 30년생을 기준으로 했을 때는 상수리나무의 탄소흡수량이 연간 약 14kg으로 가장 많았고, 그다음이 낙엽송, 잣나무 순이었으며 소나무는 지역에 따라 8~10kg을 흡수하는 것으로 나타났다.[18]

온실가스 배출량이나 나무의 이산화탄소 흡수량을 정확히 계산하는 것은 불가능하다. 다만 개략적인 추정치로 그 정도를 가늠해 볼 수 있고 탄소중립을 달성하기 위한 계획을 수립할 때 기초 자료로 활용할 수 있다.

200년 전이나 그 이전으로 돌아간다면 구태여 이런 계산을 할 필요가 없을 것이다. 지나친 화석연료의 사용으로 기후위기가 현실로 닥치면서 생활 패턴을 다시 과거로 돌릴 수는 없고 탄소 배출량과 흡수량을 개산(概算)하여 앞으로 사용할 수 있는 양을 산출해 보고자 함이다.

환경부에서 2023년에 발표한 국가 온실가스 인벤토리(1990~2021) 자료를 보면 2021년 우리나라 산림지의 온실가스 총 흡수량은 약 4천만 톤으로 온실가스 총배출량 6억7천6백만 톤의 약 6%에 해당한다.

또한 1인당 온실가스 배출량은 약 13톤이었는데 이를 흡수하려면 30년생 소나무를 기준으로 연간 약 1,400그루 내외가 필요하다는 계산이 나온다.

인벤토리 자료를 보면 산림지의 이산화탄소 흡수량은 2000년 이후 꾸준히 감소하고 있다.[19] 이런 원인은 나무의 수령 때문으로 추정한다.

대개 수령 40년을 변곡점으로 보는데 우리나라의 산림 중 70% 이상이 1970년대 치산녹화 사업으로 심었던 나무들로 평균 수령이 50년 전후다. 이런 사실을 근거로 탄소 흡수량을 늘리기 위해 수령이 오래된 나무를 베어내고 그 자리에 어린나무를 심자는 주장은 바람직하지 않은 것 같다.

캐나다의 산림생태학자인 수잔 시마드의 책 「어머니 나무를 찾아서」에는 경제성이나 탄소흡수 등을 이유로 숲에서 오래된 나무를 베어 내는 어리석음을 경고한다. 크고 오래된 나무는 숲 전체의 재생을 촉진하는 허브(hub) 역할을 한다. 이 연구 결과로 캐나다에서는 수백만 그루의 나무들이 목숨을 건졌다.[20]

어린 숲은 활발하게 성장하면서 순 일차생산량은 높지만 축적량이 적다. 오래된 숲은 몸체에 비해 새로 생산하는 양은 적으나 기본적으로 쌓여있는 바이오매스 양이 많아 탄소 저장 기능이 더 크다.[21]

나무를 베는 것은 숲속의 생태계에 큰 스트레스가 될 수 있고 만약 벌목한 나무들이 땔감으로 쓰인다면 오히려 역효과다. 오래된 나무는 그대로 보존하고 유휴 토지에 어린나무를 꾸준히 심는 것이 바람직할 것이다.

예전엔 움직임이 없는 나무를 생명이 없는 사물로 착각하여 무심히 보았지만 요즘은 이파리 하나, 가지 하나도 유심히 살피게 된다. 나무는 지구상에서 가장 큰 에너지 공급원이며 산소 공장이고 탄소 저장고다. 가장 오랫동안 가장 많은 생명을 부양해 온 지구의 보물이다.

기후변화에 취약한 나무

　나무의 생장은 기온과 강수량에 따라 큰 영향을 받는다. 기후변화로 기온이 올라가고 강수량이 부족해지면 나무가 말라죽거나 병충해 발생이 증가한다.

　또한 식생대의 이동과 식물의 생육기간 변화로 산림자원 감소, 임산물 생산 변화, 외래종 침입 등 다양한 산림 피해를 유발한다. 지역적으로 폭우나 가뭄으로 이어지면서 산사태, 산불, 병충해의 원인이 되기도 한다.

　2019년부터 「산림자원법」 제51조에서는 기후변화에 따른 산림의 영향 및 취약성을 조사하여 그 결과를 공표하고 정책 수립에 반영토록 하고 있다.[22]

　나무가 기온에 따라 살 수 있는 한계를 수목 한계선(timber line)이라 하는데 기온이 높아지면 한계선이 위도에 따라 북쪽으로 수평 이동하면서 그 자리에 남쪽 지역에서 자라던 수종이 번식하게 된다.

　또한 고도에 따라 수목 한계선이 고산 지역으로 수직 이동하면서 빙산의 일각처럼 면적이 좁아져 마치 섬처럼 고립되는 식생대가 형성되기도 한다. 우리나라에서는 고도 100미터에 0.5도씩 기온이 내려간다고

한다. 따라서 해발 2,000m의 산에 오르면 해수면보다 10도 정도 낮다.[23]

북방 한계선은 평균 기온이 1℃ 상승하면 위도로는 북쪽으로 150km, 고도는 위쪽으로 150m 이동한다고 알려져 있다. 지난 100년간 나무의 이동 속도는 위도로 연간 2km 정도였는데 기후변화로 점점 빨라지고 있다.[24]

해발 1,000m 이상의 아고산대나 고산 지역에 서식하는 침엽수는 기후변화에 특히 민감하다. 이런 나무를 '기후변화 취약 수종'으로 분류하는데 주요 수종으로는 구상나무, 분비나무, 가문비나무, 눈측백, 눈향나무, 눈잣나무, 주목 등이 있다. 산림청에서는 고산 지역 침엽수림의 보전과 복원 대책을 수립하여 관리하고 있는데 강원도 지역에 가장 많이 분포하고 있다.

국립산림과학원에서 2018년부터 2022년까지 5년간 조사한 자료에 의하면 아고산대 지역의 구상나무, 분비나무, 가문비나무 등에서 30% 내외의 쇠퇴가 나타났다. 특히 기후변화로 기온 상승률이 상대적으로 높은 남쪽 지방의 한라산, 소백산, 지리산 등에서 쇠퇴 정도가 더욱 심하였다.[25]

이미 남부지방 곳곳에서 2000년대부터 소나무 고사가 일어나고 있고, 현재 수준으로 온실가스를 계속 배출할 경우 2090년이면 소나무의 한계선이 경기도나 강원도 이북으로 한정되고, 잣나무와 신갈나무는 강원도의 높은 산간 지역에서만 자랄 수 있을 것으로 예측한다.[26]

기후변화로 산림 생물의 다양성 문제도 나타나고 있다. 겨울철의 평균 기온이 높으면 다양한 해충이 번식하고 곤충의 생태계가 변하면서 먹이사슬의 위쪽에 속하는 철새의 도래지나 도래 시기가 바뀌고 외래종이 나타나는 등 생태계 전체에 영향을 미치게 된다.

이런 현상은 우리나라뿐만 아니라 지구촌 곳곳에서 발생하고 있으며 지금까지 알려진 현상들은 빙산의 일각일 수 있다. 보이지 않는 땅속의 미생물부터 곤충 등에 많은 고통이 진행되고 연쇄적으로 먹이사슬의 위쪽에 있는 조류나 동물 등으로 이어지면서 생태계 전체가 변하게 될 것이다.

일상생활에서 느끼는 기후변화의 체감에서 산림은 농업이나 수산 분야보다는 덜 하지만 변화의 조짐은 이미 여러 곳에서 감지되고 있다. 사람이 느낄 수 있을 땐 이미 상당히 진행됐다는 증거다.

숲은 인간보다 훨씬 먼저 존재해 왔고 숲으로 인해 육지의 생태계가 유지된다. 기후변화로 숲의 균형이 깨지기 시작하면 생태계 전체의 존립 자체가 위태롭게 된다. 변함없어 보이는 숲이지만 곳곳에서 경고의 메시지를 보내고 있다.

숲을 괴롭히는 산성비

공기가 맑지 못하면 빗물도 오염된다.

비는 더러운 것을 씻어내고 생명에 필요한 영양분을 공급한다. 강, 바다, 지표면 등에서 증발한 수증기와 삼림의 나무로부터 증산한 수증기가 응결하여 기온에 따라 비가 내린다.

하늘 저 높은 구름에서 처음 만들어진 빗물은 깨끗하지만, 인간들이 사는 지상 가까이 내려오면서 공기 중에 포함된 먼지, 매연 등에 의해 오염된다.

비가 내리면서 공기를 정화하는 역할도 하지만 그로 인해 빗물이 오염되어 여러 가지 피해를 만들기도 한다. 그중에 대표적인 것이 산성비다.

산성비의 씨앗은 미세먼지다. 화석연료를 사용하는 공장이나 가정용 난방, 자동차 등의 배출가스로 발생하는 미세먼지에는 황산화물이나 질소산화물이 포함되어 있고 이 미세먼지가 빗물과 반응하여 황산이나 질산이 되면서 산도(pH)가 낮아져 산성비가 된다.

물의 산성도나 알칼리도를 나타내는 척도를 수소이온농도지수라 하는데 세계 공통어인 pH로 표기한다. pH는 0부터 14까지 숫자로 나타내는데 가운데인 7이 중성이고 낮을수록 산성도가 강하고 높을수록 알칼리도가 강해진다.

인위적으로 만든 증류수를 제외하면 pH 7의 중성을 나타내는 경우는 많지 않다. 깨끗해 보이는 빗물도 공기 중의 이산화탄소가 녹아서 pH 5.6정도의 약산성을 나타내는데 이보다 더 낮은 경우를 통상 산성비라 한다.

산성비는 비가 처음 내리기 시작할 때 산도가 가장 낮다가 시간이 지나면서 점점 씻겨서 희석된다. 요즘에는 산성안개, 산성이슬로 인한 피해도 있다. 산성비는 국경을 초월해 이동한다.

산성비를 처음 밝혀낸 사람은 영국의 화학자 로버트 앵거스 스미스다. 1852년 공업지역인 맨체스터의 공장 굴뚝에서 배출되는 매연이 빗물에 영향을 준다는 사실을 발견하였고 20년 후 1872년에 「공기와 비(Air and Rain)」를 집필하면서 산성비 문제를 제기하였다. 그러나 그 당시 환경오염에 대한 사회적 인식은 과학자의 호기심 정도로 여겼을 뿐이었다.

산성비가 실제 피해로 나타난 것은 100년 이상이 지나서였다. 미국의 환경 저널리스트인 신시아 바넷이 쓴 책 「비」에는 산성비 피해 사례를 소개한다.[27]

1960년대에 독일에서 침엽수림이 빽빽이 우거져 일명 '검은 숲'으로 불리던 슈바르츠발트의 전나무 숲에서 녹색 잎이 황갈색으로 변하면서 많은 양의 나무가 죽었다. 10년 동안 숲의 전나무 중 3분의 1이 죽었다고 한다.

또한 스칸디나비아의 많은 호수들이 산성화되면서 어류들이 죽기 시작했고 이후 미국의 북동부, 캐나다 등에서 숲과 담수원에서도 식물과 물고기가 죽어가면서 산성비가 지구촌의 문제로 대두되기 시작하였다.

이 외에도 산성비의 피해는 다양하게 나타난다. 토양의 산성화로 칼슘, 마그네슘, 칼륨 등의 영양소가 빗물에 녹아 씻겨 내려가서 식물이 제대로 자라지 못하고, 호수가 산성화되면 물고기의 부화율이 떨어지고 심해지면 어패류가 폐사한다. 또한 산성비가 오래 지속되거나 강산성의 비가 내리면 석회암이나 대리석으로 된 고대의 유적, 동상이나 기념물, 건축물 등을 부식시킨다.

산성비보다 더 위험한 것이 산성안개다. 빗물에 의해 씻겨 내리는 산성비와 달리 산성안개는 수증기 상태로 부유하며 공기 중에 체류하는 시간이 길어지면서 산도가 증가한다. 마치 구름에 식초를 뿌린 듯 큰 피해를 준다.

대학 시절 대기 분야와 관련된 이런저런 시험을 볼 때마다 자주 출제되었던 문제가 바로 런던과 로스앤젤레스에서 발생했던 스모그 사건이었다.

런던 스모그 사건은 1952년 12월 발생했는데 가정용 난방과 공장에서 사용한 석탄으로 인해 배출가스의 이산화황이 안개와 섞여 산성안개 형태의 스모그(smog = smoke + fog)를 형성한 것이 원인이었다. 이 사건으로 약 12,000명의 시민이 목숨을 잃었다.

한편, 1954년 미국 LA에서 발생한 사건은 광화학스모그였다. 자동차 배출가스로부터 유발된 질소산화물과 탄화수소 등이 태양의 자외선과 반응하여 생성된 스모그로 농작물이나 가축 등에 많은 재산상의 피해를 주었다.

산성비 문제는 과거보다 많이 개선되었다. 석탄이나 석유가 연소할 때 발생하는 황을 제거하기 위한 탈황시설을 설치하였고 자동차 연료도 황 함유량을 줄여나가고 있다. 다만 연료가 연소할 때 공기 중의 질소가 산소와 결합하여 발생하는 질소산화물을 제거하는 일은 쉽지 않다.

대기오염물질은 국경이 없다. 바람에 의해 수백에서 수천 km까지 이동된다. 따라서 산성비 문제는 지구촌의 모든 국가가 함께 노력해야 하는데 개발도상국에서는 경제개발과 맞물려 쉽지 않다.

내가 현직에 있을 때 산성비를 측정한 결과로는 지역에 따라 다소 차이는 있겠지만 우리나라의 산성비 피해는 크게 걱정할 수준은 아니었다. 다만 중국으로부터 유입되는 오염물질 때문에 안심할 수도 없는 실정이다.

대형 산불은 온실가스 폭탄

산불은 예방이 최선이다.

우리나라의 산불은 자연발화보다는 사람의 부주의에 의한 실화가 많다. 사소한 실수 하나가 산림의 가치를 크게 훼손시키고 엄청난 피해를 유발한다.

산불로 숲이 파괴되면 인명과 재산 피해는 물론 수원 함양과 정수 기능이 사라지고 비가 오면 토사유출, 산사태, 홍수 등을 발생시킨다. 야생동물 서식지의 파괴로 생태계가 황폐해지며 숲의 관광자원이 소실되고 임산물 소득 감소 등 경제적 손실도 크다. 복구하려면 또 다시 큰 노력과 시간이 소요된다.

산불은 기후변화에도 최악이다. 나무는 천연의 탄소 흡수원이고 뿌리, 줄기, 가지, 잎 등 모든 부분이 탄소창고다. 그러나 나무가 불에 타면 저장되었던 탄소가 다시 공기 중으로 배출되면서 많은 양의 온실가스가 발생하고, 동시에 나무의 탄소흡수 기능도 소실되어 이중으로 악영향을 미친다.

지구상에서 가장 짧은 시간에 가장 많은 온실가스를 발생시키는 자연 현상은 화산 폭발이다. 땅속에 매장되어 있던 화석연료와 온갖 유기물이 화산 폭발로 연소하면서 엄청난 양의 이산화탄소를 대기 중으로 방출시킨다. 상상을 초월하는 탄소폭탄이 터지는 셈이다.

화산 폭발이 지하에 농축된 탄소폭탄이라면 대형 산불은 지상의 탄소폭탄이다. 세계 곳곳에서 발생하는 대형 산불은 엄청난 양의 온실가스를 발생시켜 지구촌의 기후변화에 악영향을 미친다.

아래의 내용 중 각종 통계 숫자는 국립산림과학원에서 발간한 「산불 제대로 알기」(2020.10.)의 자료를 참조하여 편집한 것임을 밝혀둔다.

산림청에서 정의하는 대형 산불이란 피해 면적이 100ha 이상이고 산불의 지속 시간이 24시간 이상 계속될 때를 말한다. 100ha는 100만 제곱미터의 크기이며 30만 평 이상의 넓이다.

2000년대 들어서면서 대형 산불이 자주 발생하였는데 2020년까지 20년간 발생한 우리나라의 대형 산불은 총 42건이었으며 그중 90%인 38건이 3월과 4월에 집중적으로 발생하였다.

원인별로는 입산자의 실화가 21건으로 가장 많았고. 쓰레기 소각 7건, 고압선 등 전기와 관련된 것이 4건 순이었다. 입산자 실화에는 성묘객 실화 5건이 포함된 숫자다.[28]

지역별로는 강원특별자치도가 24건으로 가장 많았는데 그중 21건이 영동 지역에서 발생했다. 그다음이 경북 10건의 순이었다. 산림면적이 넓은 지역에서 대형 산불이 많이 발생하는 것은 어쩔 수 없는 현상인 것 같다.

동해안 지역에서 대형 산불이 잦은 이유는 봄철에 건조해지면서 초속 30m/sec 내외의 강풍이 발생하는데 소형 태풍에 버금가는 풍속이다. 이 시기에 양양과 간성 사이에 부는 강한 바람을 특별히 '양간지풍'이라 부른다.

2005년 양양 낙산사를 집어삼켰을 때나 2019년 고성과 속초에서 발생한 대형 산불은 순간 풍속이 30m/sec 이상으로 강했다. 이 정도 강풍이면 바람이 없을 때 비해 산불 확산 속도가 수십 배에 달하고 불똥이 수십에서 수백 미터까지 날아가 또 다른 불씨가 되면서 대형 산불로 번진다. 실제 2019년 고성, 속초 산불 때는 1시간에 5km 이상 번졌다고 한다.[29]

우리나라에서 매년 산불로 발생하는 이산화탄소량은 1년에 약 150만 톤으로 추정하는데 이는 자동차 20만 대가 1년간 배출하는 양과 맞먹는다고 한다.[30] 그러나 산림이 연소하면 이산화탄소 외에도 더 강력한 온실가스 성분인 메탄이나 아산화질소 등이 발생하며 나무 외에 초본 식물이나 토양 미생물의 훼손 등을 감안하면 실제 온실가스 발생은 이보다 훨씬 더 많을 것이다.

대형 산불은 세계 곳곳에서 발생한다. 2000년 이후 기후변화의 영향으로 날씨가 고온 건조해지고 가뭄이 지속되면서 자연발화도 증가하고 있다. 매년 미국, 캐나다, 포르투갈, 그리스, 러시아, 인도네시아, 칠레, 호주 등 전 세계 곳곳에서 엄청난 규모의 대형 산불이 발생하고 있다. 인명과 재산 피해뿐만 아니라 생태계 파괴, 미세먼지 그리고 많은 양의 온실가스를 발생시킨다.

자연 현상은 때로 어마어마한 피해를 동반하지만, 지구의 총량 한계를 넘지는 않았고 스스로 치유되어 왔다. 그러나 20세기 이후 인간 활동으로 발생하는 온실가스가 추가되면서 지구의 기후변화를 가속화하고 있다.

대형 산불은 그동안 축적되었던 탄소창고가 폭발하는 것으로 탄소중립 시대를 역행하는 최악의 사건이다. 더 심각한 것은 지구촌 곳곳에서 대형 산불로 발생하는 온실가스 양은 파악조차 어렵다는 것이다.

산불로 훼손된 산림이 복구되는 데는 최소 30년 이상 걸리며 생태환경까지 완전히 회복되려면 100년까지 소요될 수 있다. 사소한 실수 하나가 수십 년 동안 이룩해 놓은 국토녹화사업을 헛수고로 돌리고 문화재를 잿더미로 만든다.

2005년 4월 천년 고찰인 양양 낙산사가 화마에 휩싸였던 그 장면은 온 국민의 가슴을 태웠고 그때 불에 덴 멍 자국은 지금도 아리고 쓰라리다.

산불 예방을 위해 무엇을 해야 하는지는 누구나 잘 알고 있다. 작은 실천이지만 그 결과는 크나큰 나라 사랑이고 지구 사랑이다.

기후변화와 사과나무

인류와 가장 인연이 깊은 과일이 사과다.

아담과 이브의 사과를 시작으로 파리스의 황금사과, 윌리엄 텔의 사과, 세잔의 사과, 백설 공주의 사과, 뉴턴의 사과, 지구의 종말이 와도 나무 한 그루를 심겠다는 스피노자의 사과 등 식탁에서 만나는 샐러드부터 문학, 과학, 미술, 철학에 이르기까지 두루 사용되는 과일의 왕이다.

그 많은 사과 중에서도 인류 과학사에 가장 큰 영향을 미친 사과는 역시 뉴턴의 사과다. 300여 년 전 영국 링컨셔의 작은 마을에 살던 뉴턴은 어느 날 사과가 땅으로 떨어지는 것을 보고 "사과와 땅 사이에는 어떤 힘이 존재하는 걸까?"라는 의문을 품게 되었고 물체는 서로 끌어당기는 힘이 작용한다는 '만유인력'을 찾아냈다. 조그마한 호기심이 우주의 비밀을 푸는 열쇠가 되었다.

20세기를 장식한 사과는 스티브잡스의 '애플'일 것이다. "소크라테스와 한나절을 보낼 수 있다면 애플이 가진 모든 기술을 주겠다."는 그의 말은 지구인의 머릿속에 철학적 메시지를 남겼다. 21세기에는 어떤 사과가 인류의 관심을 모을지 궁금하기도 하고 한편으론 걱정도 된다.

2024년 한국에서는 새해 벽두부터 '애플레이션'이란 신조어가 등장했다. 사과의 애플(apple)과 통화 팽창의 인플레이션(inflation)을 합한 말이다. 사과값이 1년 전에 비해 90%가까이 폭등하면서 사과 한 알에 4천~5천 원까지 치솟았고, 그 여파로 다른 과일값이 연쇄적으로 오르는 현상이 발생한 것이다. 그야말로 황금사과가 되었다.

사과값 파동의 가장 큰 원인은 이상 기온이다. 2023년 3월의 평균 기온이 높아지면서 사과꽃이 평년보다 10일 이상 일찍 피었다가 갑자기 꽃샘추위가 닥치면서 꽃잎이 모두 떨어지는 피해를 보았다. 또한 이상 기온으로 폭염과 폭우, 병충해가 겹치면서 사과 생산량이 평년보다 30% 이상 감소했다.

기상청 자료에 의하면 2023년은 지구의 평균 기온이 산업화 이후 가장 높았던 해로 기록되었다. 우리나라의 연평균 기온도 평년보다 1.2℃나 높은 13.7℃를 기록하면서 50년 만에 가장 더웠다.[31] 특히 11월은 역대 가장 더운 달로 기록되었다. 김해와 강릉의 기온이 30도까지 올랐고 서울과 춘천도 26도 가까이 오르면서 11월의 최고 기온을 경신했다. 우리 동네 아파트 담장에서는 5월에 폈던 덩굴장미가 11월에 또 한 번 활짝 피면서 기후변화를 실감케 했다.

1970년대만 해도 사과 주산지로 경북 대구가 유명했지만 2000년대 이후 평균 기온이 올라가면서 강원도 영월, 평창, 정선, 홍천, 양구 등으로 재배지가 북상하였다. 일교차가 큰 고랭지 배추밭이 사과밭으로 바뀌면서 강원도의 사과 재배 면적이 꾸준히 증가하고 있다.[32] 정부가 관리하는 사과 계약 재배 면적도 계속 늘어날 전망이다.

봄꽃의 개화 시기가 빨라지는 것은 이제 상식처럼 되어가고 있다. 겨울에 눈 대신 비가 내리고, 얼음이 얼지 않아 겨울 축제가 연기되거나 취소되면서 기후변화의 증상들이 내가 사는 동네에서도 목격되고 있다.

2024년 국민 과일인 사과값이 급격히 오르면서 기후변화가 생활 주변 가까이 와있고 나에게 닥친 문제임을 깨닫는 계기가 되었다. 이번엔 사과값이 올랐지만 다음엔 또 다른 형태로 기후변화 비용이 발생할 수 있다.

날씨와 관련하여 '나비효과'란 용어가 있다. 미국의 기상학자 로렌츠가 처음 발표한 이론인데 사소한 징후가 큰 변화로 이어질 수 있다는 것이다. 예를 들면, 아마존 숲속의 나비 날개 짓의 미묘한 변화가 미국에서는 토네이도를 발생시킬 수 있다는 것이다. 이상 기온으로 사과꽃의 개화 시기가 며칠 앞당겨진 것이 '애플레이션'이라는 예상치 못한 과일값 파동을 겪으면서 탄소중립의 중요성을 다시 한 번 생각하게 했다.

사과나무가 기후변화의 바로미터가 되면서 올봄엔 하얗고 앙증맞은 사과꽃이 더없이 귀해 보인다.

탄소중립과 녹색생활

　탄소중립 시대는 녹색생활을 지향한다.

　기후변화가 21세기 지구촌의 화두가 되면서 지난날의 건강했던 자연을 회복하려는 바람이 녹색운동으로 번지고 있다. 녹색은 건강뿐만 아니라 환경과 기후변화에도 중요한 색이 되었다.

　국가는 녹색정책을 추진하면서 국제협약에 가입하여 지구촌의 기후위기에 대응하고, 기업은 녹색경영을 통해 지속 가능한 투자와 사회적 책임을 다하고, 국민은 녹색생활을 통해 온실가스를 줄이는 녹색시대를 살고 있다.

　녹색시대엔 생활양식도 자연 생태계처럼 과소비를 줄이고 순환하는 녹색생활과 녹색소비가 요구된다.

　녹색이란 용어가 우리 사회의 중심에 자리 잡게 된 것은 2010년 「저탄소 녹색성장 기본법」이 제정되면서부터다. 그 당시 온실가스 감축을 위한 그린스타트 운동도 함께 전개되었다.

　2015년 파리기후협약 이후 세계 각국에서 탄소중립을 선언하기 시작했고 우리나라도 2020년 '2050 탄소중립'을 선언하면서 기존의 녹색성장기본법 일부를 보완하여 2021년 「기후위기 대응을 위한 탄소중립·녹색성장 기본법」(약칭 탄소중립기본법)으로 명칭을 바꾸어 녹색 시대를 이어가고 있다.

탄소중립기본법에서는 녹색성장, 녹색경제, 녹색기술, 녹색산업 등 관련 용어의 뜻을 정의하고 있으며 녹색생활을 적극 실천해야 할 국민의 책무를 규정하고 있다. 법에서 규정한 녹색생활이란 '에너지와 자원을 절약하고 녹색제품으로 소비를 전환하여 온실가스와 오염물질 발생을 최소화하는 생활'이다.

녹색생활은 녹색제품의 소비를 전제로 한다. 녹색제품이란 에너지효율 등급이 높거나, 재생 합성수지의 사용, 생분해성이거나 재활용품을 원료로 한 친환경 상품으로 녹색 마크로 인증한다.

환경부가 인정하는 녹색제품의 종류에는 「탄소중립기본법」의 '녹색제품'과 「환경기술산업법」의 '환경표지인증제품' 그리고 「자원재활용법」 및 「산업기술혁신법」에 따른 '우수재활용제품'이 있다.[33),34),35),36)]

탄소중립 시대는 가치를 소비하는 시대다. 기업은 녹색제품의 제조과정에서 배출된 온실가스를 탄소발자국으로 표시하는 등 환경정보를 공개함으로써 신뢰성을 높이고, 환경부는 이를 녹색 마크로 인정해 줌으로써 타제품과 비교해 경쟁력을 확보할 수 있으며, 소비자는 가치소비에 대한 동기부여가 된다. 다만 인증 기준은 엄격해야 한다.

한편, 녹색이 자연과 환경보호의 상징이 되면서 녹색 콘텐츠가 우후죽순으로 생겨나고 있다. 녹색산업, 녹색교통, 녹색도시, 녹색사상, 녹색철학, 녹색문학, 녹색가치, 녹색사유, 녹색직장, 녹색주택 등 헤아릴 수 없을 정도로 많다. '녹색'이란 접두어가 실천은 따르지 않고 흉내만 내는 수식어나 상업적으로 이용될 때 그 빛을 잃게 될 것이다.

나는 산이 많은 강원도에서 태어나 녹색에 둘러싸여 자랐다. 늘 숲과 함께 했던 어린 시절은 모든 것이 자연스러웠다. 그러나 빠르게 변하는 세태와 물질문명에 예속되면서 나도 모르는 사이에 점점 자연과 멀어지는 삶을 살고 있다.

보고, 듣고, 생각하는 것에서 여유가 사라지고 먹고, 입고, 움직이는 것에서 과소비의 늪에 빠져 부자연스러운 삶으로 바뀌고 있다. 자연스러움을 회복하려면 자주 숲을 찾고 녹색에 동화되는 삶을 살아야 한다. 녹색은 마음의 고향이며 나를 탄생시킨 어머니의 색이다. 틈만 나면 숲으로 달려가자!

【참고문헌】

제1부 나무를 배우다

1) 강판권, 「나무 철학」, p310

2) 강판권, 「자신만의 하늘을 가져라」, p74

3) 시토 겐타로, 송은애 옮김, 「세계사를 바꾼 12가지 신소재」, p98

4) 우종영, 「나는 나무에게 인생을 배웠다」, p120

5) 차윤정, 전승훈, 「신갈나무 투쟁기」, p219

6) 유영만, 「나무는 나무라지 않는다」, p113

7) 장 지오노, 「나무를 심은 사람」, 김경온 옮김, 최수연 그림, 전자책

8) 황경택, 「나무 문답」, p115

9) 차윤정, 전승훈, 「숲 생태학 강의」, p111

10) 수잔 시마드, 김다히 옮김, 「어머니 나무를 찾아서」, p378, 382, 383

11) 황경택, 「나무 문답」, p213

12) 차윤정, 전승훈, 「신갈나무 투쟁기」, p240

13) 차윤정, 전승훈, 「숲 생태학 강의」, p68

14) 리처드도킨스, 「이기적 유전자」, 홍영남, 이상임 옮김, p42, 52, 62

15) 차윤정, 전승훈, 「신갈나무 투쟁기」, p181

16) 김민철의 꽃 이야기, 가을 야생화는 왜 보라색이 많을까, 2013.9.17., 조선일보

17) 황경택, 「나무 문답」, p105

18) 황경택, 「숲 읽어주는 남자」, p290

19) 최진우, 「숲이라는 세계」, p22

20) 강판권, 「자신만의 하늘을 가져라」, p58

21) 최진우, 「숲이라는 세계」, p92

22) 강판권, 「나무 예찬」, p159

23) 최진우, 「숲이라는 세계」, p18

24) 생텍쥐페리, 「어린 왕자」, 이형석 옮김, p32

25) 황경택, 「숲 읽어 주는 남자」, P114

26) 최진우, 「숲이라는 세계」, p72

27) 환경부 보도자료, 생태 · 환경기능 향상을 위한 도시녹지 관리 개선안 제시,
    2023. 3. 31

28) 차윤정, 전승훈, 「신갈나무 투쟁기」, p126~127

29) 이광연, 나이테, 수학산책, 신문은 선생님, 조선일보, 2021.11.25.

30) 황경택, 「숲 읽어 주는 남자」, p315

31) 차윤정, 전승훈, 「신갈나무 투쟁기」, p127

32) 우종영, 「나는 나무에게 인생을 배웠다」, p171

33) 황경택, 「숲 읽어 주는 남자」, p317

34) 강판권, 「나무 철학」, p31

35) 박종숙, 「아름다운 것에는 눈물이 있다」, 수필 선집, p16

36) 송원 스님, 「알기 쉬운 선 이야기 100가지」, p27

37) 우승순, 「물을 닮고 싶은 물고기」, p69

38) 최진우, 「숲이라는 세계」, p122

39) 황경택, 「나무 문답」, p29

제2부 숲에 들다

1) 신원섭, 「치유의 숲」, p23

2) 신원섭, 「치유의 숲」, p184

3) 수잔 시마드, 「어머니 나무를 찾아서」, 김다히 옮김, p192 사진, p285, p287

4) 박범진, 「내 몸이 좋아하는 산림욕」, p52~63

5) 박범진, 「내 몸이 좋아하는 산림욕」, p34

6) 차윤정, 전승훈, 「숲 생태학 강의」, p40

7) 박범진, 「내 몸이 좋아하는 산림욕」, p62

8) 우승순 등, 「금병산 등산로 숲의 피톤치드 연구」, 강원보건환경연구원, 2015, p42

9) 김형자 과학 칼럼니스트, 76억 인간보다 박테리아 총무게가 1,200배 무거워요, 신문은 선생님, 조선일보, 2021.6.29.

10) 박범진, 「내 몸이 좋아하는 산림욕」, p38~40

11) 우종민, 칼럼 "숲 자주 바라보기만 해도 항암효과", 조선일보, 2014.3.25.

12) 오승진, 「색채 심리」, p57

13) 악셀 뷔터, 「색, 빛의 언어」, 이미옥 옮김, p134

14) 오승진, 「색채 심리」, p92

15) 박경화, 「색채 에세이」, p47

16) 오승진, 「색채 심리」, 부록, p278~283)

제3부 숲과 호수 걷기

1) 우석영, 소병철, 「걸으면 해결된다」, pp127~129

2) 프레데리크 그로, 「걷기, 두 발로 사유하는 철학」, 이재형 옮김, p63

3) 수지 크립스 엮음, 「걷기의 즐거움」, 윤교찬, 조애리 옮김, p69

4) 우석영, 소병철, 「걸으면 해결된다」, p100

5) 프레데리크 그로, 「걷기, 두 발로 사유하는 철학」, 이재형 옮김, p221~225

6) 수지 크립스 엮음, 「걷기의 즐거움」, 윤교찬, 조애리 옮김, p238

7) 다비드 르 브르통, 「걷기 예찬」, 김화영 옮김, p255~256

8) 프레데리크 그로, 「걷기, 두 발로 사유하는 철학」, 이재형 옮김, p59

9) 카린 마르콩브, 「숲속의 철학자」, 박효은 옮김, p160

10) 우석영, 소병철, 「걸으면 해결된다」, p76

11) 박종숙, 내 영혼의 강가에서, 월간 「수필문학」 9월호, 2024, p41

12) 알베르트 키츨러, 「철학자의 걷기 수업」, 유영미 옮김, 2023, p50

13) 에모토 마사루, 「물은 답을 알고 있다2」, 홍성민 옮김, p86

14) 다비드 르 브르통, 「걷기 예찬」, 김화영 옮김, 2002, p91

15) 프레데리크 그로, 「걷기, 두발로 사유하는 철학」, 이재형 옮김, 2014, p116

16) 정헌관, 김세현, 「우리 생활 속의 나무」, 산림과학원, 2007, p97

17) 프레데리크 그로, 「걷기, 두 발로 사유하는 철학」, 이재형 옮김, p17

18) 우석영, 소병철, 「걸으면 해결된다」, 2020, p127

19) 박동창, 「맨발 걷기가 나를 살렸다」, 2023, p30

20) 박동창, 「맨발 걷기의 첫걸음」, 2023, p7

21) 박동창, 「맨발 걷기가 나를 살렸다」, 2023, p22~23

제4부 나의 나무 이야기

1) 배재수, 김은숙 등, 「한국인과 소나무」, 2024, 국립산림과학원, p19

2) 차윤정, 전승훈, 「신갈나무 투쟁기」, p19, p274

3) 배재수 등, 「한국인과 소나무」, 국립산림과학원, 2024, p202

4) 배재수 등, 「한국인과 소나무」, 국립산림과학원, 2024, p203

5) 배재수 등, 「한국인과 소나무」, 국립산림과학원, 2024, p81

6) 김철수, 소나무 AIDS 소나무재선충병, FN 산림과학 '04-06, 2004,
   국립산림과학원, p1~6

7) 국립산림과학원, 소나무재선충병 Q&A, 산림과학속보 제23-20호, 2023, p4

8) 배재수 등, 「한국인과 소나무」, 국립산림과학원, 2024, p210~211

9) 국립산림과학원, 소나무재선충병 Q&A, 산림과학속보 제23-20호,
   2023, p12~13

10) 산림청, 2022 산림임업통계연보(제53호), 2023, p37, 160, 161

11) 김세현, 정헌관, 「우리 생활 속의 나무 이야기」, 2019, 국립산림과학원, p22~23

12) 임혜민, 오창영, 이일환, 「국내 아카시나무 임분 탐색 및 우량 개체 선발」,

국립산림과학원, 2023, P7,11

13) 정헌관, 김세현, 「우리 생활 속의 나무」, 2007, 국립산람과학원, p184~185

14) 황경택, 「숲 읽어주는 남자」, p302

15) 산림청, 2020년 산림기본 통계, 2021.9., p37

16) 산림문화 · 휴양에 관한 법률,

17) 산림복지 진흥에 관한 법률,

18) 산림청 홈페이지 분야별산림정보

19) 배재수, 숲이 우리에게 주는 12가지 선물, 산림과학 속보 23-09, 국립산림과학원, 2023.6.

20) 산림청, 제6차 산림기본계획, 2018.1.

21) 배재수, 장주연 등, 「광복 이후 산림자원의 변화와 산림정책」, 국립산림과학원, 2022.4. p.16.

22) 배재수, 김은숙 등, 「한국인과 소나무」, 2024, 국립산림과학원, p74

23) 산림청, 2020년 산림기본통계, 2021.9., p13~32

24) 산림청, 2020년 산림기본통계, 2021.9., p45

25) 산림청, 2020년 산림기본통계, 2021.9., p13, p21

26) 배재수, 주린원 등, 「한국의 산림녹화 성공요인」, 국립산림과학원, 2010.12., p54

27) 전영우, 「숲과 문화」, 2017. p.104

제5부 기후변화와 숲의 역할

1) 기상청, 기상자료개방포털, 기후통계분석, 기온분석

2) 그린란드 꼭대기에 눈 대신 비 왔다⋯ 관측 사상 처음, 손진석 기자, 김은경 기자, 2021.08.22. 조선일보

3) 기상청, 우리나라 기후변화의 영향, 2021. p27

4) 기상청 보도자료, 2023년 연 기후특성, 2024.1.16.

5) 기상청 홈페이지, 기상자료개방포털, 기후통계분석, 기온분석

6) 국립기상과학원, 우리나라 109년(1912~2020년) 기후변화 분석보고서, 기상청, 2021.4.

7) 정우석, 김성섭 등, 아열대 작물의 국내 재배 동향 및 주산지 분석, 한국산학기술학회 논문지 제21권 제12호, 2020

8) 한인성, 이준수 등, 「수산분야 기후변화 평가백서」, 국립수산과학원, 2019.12.

9) 국립축산과학원, 가축 더위지수 미리보기로 폭염피해 예방, 2020

10) 김은숙, 정성철 등, 임업·산림부문 기후변화 영향 실태조사 및 DB 플랫폼, 2021.4. 국립산림과학원,

11) 김백민, 「우리는 결국 지구를 위한 답을 찾을 것이다」, p153~154, p204

12) 김백민, 「우리는 결국 지구를 위한 답을 찾을 것이다」, 2021, P160

13) 우승순, 「플라스틱 행성의 기후변화 이야기」, p50

14) 김백민, 「우리는 결국 지구를 위한 답을 찾을 것이다」, pp160~161

15) 차윤정 전승훈, 「숲 생태학 강의」, P191, 215

16) 차윤정, 전승훈, 「숲 생태학 강의」, p31

17) 장윤성, 한희 등, 「산림과 탄소 이야기」, 국립산림과학원, 2022.4.

18) 이선정, 임종수, 강진택, NIFoS 주요 산림수종의 표준탄소 흡수량(ver.1.2), 국립산림과학원, 2019.7. pp14~16

19) 온실가스종합정보센터, 2023년 국가온실가스 인벤토리공표, 환경부, 2023.12.

20) 수잔 시마드, 「어머니 나무를 찾아서」, 김다히 옮김, 2023, p378, 382

21) 차윤정, 전승훈, 「숲 생태학 강의」, p31

22) 산림자원의 조성 및 관리에 관한 법률 제51조의5

23) 차윤정, 전승훈, 「신갈나무 투쟁기」, 2017. p102

24) 차윤정 등, 「숲 생태학 강의」, 2009, p211

25) 김은숙, 정성철 등, 임업·산림부문 기후변화 영향 실태조사 및 DB 플랫폼, 국립산림과학원, 2021.4.

26) 기상청, 우리나라 기후변화의 영향, 2021. pp22~24

27) 신시아 바넷, 「비」, 오수원 옮김, p415~417

28) 국립산림과학원, 「산불 제대로 알기」, 2020. 10. p116

29) 국립산림과학원, 「산불 제대로 알기」, 2020. 10. p36

30) 국립산림과학원, 「산불 제대로 알기」, 2020. 10. p77

31) 기상청 보도자료, 2023년 연 기후특성, 2024.1.16.

32) 농촌경제연구원, 강원도 작목전환 주류화 사례, 농업전망 2019

33) 기후위기 대응을 위한 탄소중립 · 녹색성장 기본법(약칭 탄소중립기본법)

34) 환경기술 및 환경산업 지원법

35) 자원의 절약과 재활용촉진에 관한 법률

36) 산업기술혁신 촉진법